KB019353

작가의 산책

작가의 산책

아쿠타가와 류노스케, 다자이 오사무, 기타하라 하쿠슈,
하야시 후미코, 나쓰메 소세키, 가타야마 히로코,
사카구치 안고, 나카하라 주야, 호리 다쓰오,
스스키다 규킨, 구보타 만타로, 기노시타 모쿠타로,
고이데 나라시게, 데라다 도라히코, 도쿠토미 로카,
오카모토 기도, 미요시 주로, 오카모토 가노코,
미즈노 센코, 와카야마 보쿠스이, 시마자키 도손,
와카스기 도리코, 가지이 모토지로, 이마이 구니코,
미야모토 유리코, 사이토 모키치, 나가이 가후,
요사노 아키코, 요사노 뎃칸, 다케히사 유메지 지음
안은미 엮고 옮김

1장. 동네 한 바퀴

2장. 산책자의 마음

3장. 자연을 거닐다

4장, 낯선 거리에서

1장, 동네 한 바퀴.

홀로 어슬렁어슬렁

아쿠타가와 류노스케 芥川龍之介

1892년 도쿄도 출생. 1913년 도쿄대 영문과에 입학, 이듬해 첫 소설 「노년」을 발표했다. 1914년 다바타로 이사한 뒤 훗날 대표작이 되는 「나생문」을 선보였지만 큰 이목을 끌지 못하다가 1916년 「코」가 나쓰메 소세키에게 극찬받으며 이름을 알렸다. 1919년 마이니치신문에 전속 작가로 입사해 창작에 전념하며 10년 남짓한 작가 생활 동안 140여 편의 단편을 남겼다. 초기에는 설화문학에서 취한 소재를 재해석한 작품을, 후기에는 예술지상주의를 바탕으로 한 작품을 집필한 가운데 13년간 산 다바타를 다룬 수필도 다수 썼다. 1927년 7월 24일 서른다섯 살에 집에서 수면제를 먹고 자살했다.
「홀로 어슬렁어슬렁」은 1924년 6월 잡지 『수필』에 실린 글이다.

봄날 햇볕을 쬐며 거리를 혼자 어슬렁어슬렁 걸어 다닌다. 맞은편에서 다가오는 사람은 지붕 기와를 이는 명장 어르신. 명장 어르신도 요즘은 감색 양복에 중절모를 쓰고 고무인지 뭔지로 만든 장화를 신는다. 그러나저러나 정말로 기다란 장화로구먼. 무릎뿐만 아니라 허벅지도 반쯤 가려져 있다. 아, 장화를 신었다기보단 어쩌다가 장화 속에 빠져버렸지! 하는 생각이 든다.

낯익은 골동품 가게를 잠시 들여다본다. 정면에 설치된 붉은 자단나무 선반 위에 오카야마 무시야게 지역 전통 공예품인 듯한 오래된 술병이 하나. 잘쑥한 주둥이가 묘하게 외설스러운 모양새다. 그래그래, 언젠가 본 가마쿠라시대 비젠 지방에서 만든 술병 주둥이도 살짝 입맞춤하고 싶게 생겼었지. 코앞에는 백자청화 접시가 한 장. 짙은 푸른빛 축 늘어진 버들가지 아래 역시 짙은 푸른빛 사람 한 명이 엄청나게 긴 낚싯대를 드리웠다. 누구를 그린 건가 싶어 자세히 살펴보니 가나자와에 사는 무로 사이세이가 아닌가!*

다시 어슬렁어슬렁 거닌다. 채소 가게 앞에 쇠귀나물이 한 움큼. 쇠귀나물 껍질은 고상한 색이구나. 옛 칠보공예 속

---

* 친구였던 작가 무로 사이세이(室生犀星 1889~1962)의 대표 시집명인 '푸른 물고기를 낚는 사람'에 빗댄 표현이다.

파란색이랑 똑같다. 쇠귀나물을 사 갈까? 거짓말하지 마. 살 마음 따윈 없는 주제에. 도대체 뭐란 말인가. 자신에게도 거짓말을 하고 싶은 이 기분은. 이번에는 작은 새를 파는 가게다. 어딜 봐도 온통 새장뿐이군. 이런, 가게 주인장마저 스스럼없이 곤줄박이가 담긴 바구니 위에 앉아 계신다.

"요컨대 말에 올라탔을 때랑 똑같은 거야."

"칸트 논문 때문에 죽겠네."

등 뒤로 휙휙 스쳐 지나가는 제복을 입고 제모를 쓴 대학생이 두 명. 얼핏 들은 타인의 대화란, 정신 나간 사람들이 주고받는 말과 비슷하군.

이쯤에서 슬슬 오르막길이다. 벌써 저 집 동백나무는 꽃이 떨어져 갈색빛이 돈다. 절벽 근처 대숲은 여전히 누런 채이건만……. 아이고, 저쪽에서 말 한 마리가 온다. 말 눈동자는 참으로 크구나. 대숲이며 동백나무며 내 얼굴이 전부 그 눈동자 속에 비친다. 말 뒤꽁무니에는 배추흰나비가 날아다닌다. 갓 낳은 알 있어요, 하는 것 같다.

아, 그렇습니까? 난 알 필요 없는데. 그렇게 중얼거리며 봄날 햇빛 아래 홀로 어슬렁어슬렁 걸어간다.

" 쇠귀나물을 사 갈까?

거짓말하지 마.

살 마음 따윈 없는 주제에.

도대체 뭐란 말인가.

자신에게도 거짓말을 하고 싶은 이 기분은. "

아쿠타가와 류노스케

고후 정찰

다자이 오사무太宰治

1909년 아오모리현 출생. 1930년 도쿄대 불문과에 입학, 공산주의 운동에 몰두하다가 작가가 되기로 결심하고 소설가 이부세 마스지 문하에 들어갔다. 1935년 『문예』에 실린 「역행」으로 문단의 총아로 떠오른 뒤 약물 중독을 겪으면서도 1936년 첫 단편집 『만년』을 출간했다. 1938년 이부세 마스지의 권유로 고슈 미사카 고개에서 집필에 몰두하다가 근처 고후로 거처를 옮겨 창작을 이어가던 중 1939년 결혼해 안정을 찾고 많은 작품을 썼다. 1947년 전후 일본 사회의 혼란을 반영한 『사양』으로 인기 작가가 됐지만, 1948년 5월 『인간 실격』을 완성한 뒤 6월 13일 서른아홉 살에 투신자살했다. 「고후 정찰」은 1938년 10월 고쿠민신문에 실린 글이다.

고후에 사는 지인에게 부탁해 하숙집을 구했다. 이름은 고토부키관, 하숙비는 두 끼 포함해 22엔. 남향으로 들어앉은 3평 남짓한 방이다. 이불과 추울 때 껴입을 두꺼운 솜옷도 지인 집에서 빌렸다. 이걸로 숙소는 정해졌다.

방에 딸린 책상 앞에 앉아 오른쪽 서랍에는 다 쓴 원고를, 왼쪽 서랍에는 아직 더럽히지 않은 원고지를 집어넣었다. 어쩐지 일이 잘될 것 같다. 이곳에서도 처음에는 징그러울 만큼 얌전히 지내다가 석 달쯤 지나 가까스로 익숙해질 테고, 익숙해지자마자 상태가 나빠져 일을 게을리하다가 다시 딴 데로 옮기겠지. 아, 그때까지 좋은 글을 쓸 수 있음 좋겠다. 그 밖에 아무것도 필요 없다.

나는 G펜을 사러 시내로 나갔다. 반짝반짝 빛나는 G펜을 잔뜩 돈주머니에 넣어 품에 안으니 왠지 내가 깨끗하고 싱싱해진 양 기분이 좋았다. G펜을 산 뒤 고후 거리를 어슬렁어슬렁 걸어 다녔다.

고후는 분지다. 비유하면 양념절구 바닥에 위치한 도시다. 사방이 다 산이다. 거리를 거닐다가 얼핏 고개를 들면 산이 눈에 들어온다. 긴자도리라는 활기차고 아름다운 거리가 있다. 버젓한 백화점도 자리해 도쿄 시부야의 도겐자카를 걷는 느낌이다. 하지만 잠시 고개를 들면 산이 보인다. 이상하게 서글프다. 오른쪽으로 가도, 왼쪽으로 가도, 동쪽으로 가도, 서쪽으로 가도 문득 고개를 들면 기다렸다는 듯이 산줄기가 반긴다. 양념절구 밑바닥에 작디작은 깃발을 세우고, 고후라고 생각하면 된다.

뒷골목을 골라 집으로 돌아왔다. 고후는 햇빛이 강한 동네다. 집마다 도로에 내려앉은 처마 그림자가 확실히 새까맣다. 처마는 한결같이 나지막해서 성으로 둘러싸인 마을처럼 차분한 분위기가 난다. 나는 백화점이 놓인 큰길보다도 초라한 뒷골목에서 고후의 문화를 느낀다.

이 차분함은 예사로운 것이 아니다. 충분히 발달했다가 쇠퇴하며 녹슨 끝에 마침내 한적함에 다다랐기에 비좁은 골목길에서 도리어 도심 속 대로가 떠오른다. 언뜻 두부 가게 유리창에 비친 내 모습이 웬걸, 메이지유신 시기 개혁가처럼 보였다. 뜻을 품은 것은 틀림없다. 막다른 길에 몰린 개혁가, 지금은 고후 싸구려 여인숙에 기거하며 슬그머니 다시 큰일을 꾀하고 있다.

앞서 머물렀던 고슈를 작업에 몰두할 곳으로 추천해준 사람은 이부세 마스지 선생이다. 선생은 일찍부터 이 고장을 사랑하여 기행문이나 소개문을 적잖이 발표했다. 새삼스레 나의 보잘것없는 문장으로 이러쿵저러쿵할 필요가 없다는 말이다. 그걸 생각하니 더는 글은 쓰고 싶지 않다. 이부세 선생의 글을 동경하기에 더더욱 쓰기 힘들다.

남몰래 작업하기에는 정말로 좋은 곳이다. 다시 말해 평범한 마을이란 뜻이다. 강렬한 지방색이 없다. 사투리도 도쿄 말과 그다지 다르지 않다. 묘하게 안심이 되는 동네다. 다만 하숙집 방에 홀로 오도카니 앉아 있으면 역시 도쿄에 있을 때와 다르다. 햇빛이 강한 탓일까. 어쩌다 가끔 기차 기적 소리가 어렴풋이 들려서인지도 모르겠다. 아무래도 상처 입은 개혁가가 은거하는 요양지 느낌이다.

이부세 선생은 고후 거리를 거닐며 무엇을 찾아냈을까? 언젠가 느긋하게 물어봐야겠다. 선생이라면 분명 나 따윈 눈치채지 못하는, 더없이 자잘한 이야기를 발견했을 게 틀림없다. 내가 알아낸 것은 부끄러울 만큼 조잡하다. 고후는 사방이 산. 그림자가 짙다. 수정 파는 가게는 질색. 옛날부터 수정으로 만든 장식품이 싫었다.

어허, 짝짝

기타하라 하쿠슈 北原白秋

1885년 구마모토현 출생. 1904년 와세다대 영문과에 입학, 이듬해 와세다 학보 현상공모에서 「전도각성부」가 입선했다. 학교 근처에서 동기인 와카야마 보쿠스이와 함께 하숙하며 동인지 『북두』를 창간해 활동했다. 1909년 일본에서의 선교사 이야기를 그린 시집 『사종문』으로 명성을 쌓았고, 1918년부터 아동지 『빨간 새』에 동요와 동시를 다수 발표했다. 1926년 문예지 『근대풍경』, 『신시론』을 발행하며 당대 시단을 이끌었는데, 한국 문인과도 인연이 깊다. 김소운이 그의 문하에서 공부했고 정지용이 『근대풍경』에 시 「카페 프란스」를 발표했다. 1942년 11월 2일 쉰일곱 살에 세상을 떠났다.

「어허, 짝짝」은 1931년에 쓴 글이다.

'어허, 짝짝' 소리가 난다.

아, 벌써 와카야마 보쿠스이가 산책을 하는구나. 나는 덧문과 미닫이문을 연다. 그러고는 다시 이부자리 속으로 파고든다. 드러누워 도야마학교를 둘러싼 신록을 바라본다. 어느덧 모자를 쓰지 않은 기모노 차림의 땅딸막한 소년이 입을 벌린 채 양손을 짝짝 치며 앞쪽 빈터를 걸어간다. 까맣고 빳빳한 허리띠 매듭이 엉덩이 위에 처져 있다.

'어허, 짝짝.'

바람이 햇빛과 함께 반짝이며 불어온다. 하숙집 대나무 울타리 안쪽에서 닭 두세 마리가 먹이를 찾아다닌다. 오늘 있는 영작문 수업은 딱 질색이다.

"어이, 와카야마."

"여! 일어났네? 짝짝."

나도 문지방 너머 마당 쪽으로 양발을 늘어뜨린다. 어허, 짝짝. 좀처럼 잘 되지 않는다.

"오늘도 도망칠까?"

"어디로?"

"어디라도 좋아. 영작문은 질렸어."

"에헹."

그가 묘한 소리를 낸다. 아침밥을 먹고 나서 보쿠스이는 호주머니에 구니키다 돗포의 『무사시노』*를 집어넣고, 나는 맨손으로 훌쩍 길을 나선다. 초여름의 무사시노 들판, 어딜 가든 들길은 가로세로로 뻗어 있다. 어린잎 푸르른 상수리나무 숲에 짐수레가 삐거덕댄다.

"어허, 짝짝."

"어허, 짝짝."

이 '어허, 짝짝' 소리만 나면 보쿠스이구나, 바로 알아챘다. 아나하치만 아래 동네에서 같이 하숙하던 시절부터 내가 다카다노바바에 집을 얻어 산 뒤에도 자주 '어허, 짝짝'의 방문을 받았다. 그 '어허, 짝짝' 이야기다.

어느 날, 역시 이 '짝짝' 소리가 문 쪽에서 박자에 맞춰 두세 번 울렸다. 왔구나 싶어 이쪽도 '짝짝' 손뼉을 쳤다. 방으로 들어온다, 이야기에 열중한다, 해가 저물어 간다. 저녁밥으로 뭐라도 내놓고 싶은데 하필이면 집안일 하는 할멈이 볼일 보러 나가서는 영 돌아오지 않는다. 철부지 혼자서는 어찌할 도리가 없다. 그때 보쿠스이가 돌아가겠다며 일어났다. 마지못해 그러라고 하고 돌려보냈다. 100미터쯤 걸어갔

* 자연주의 문학의 대가 구니키다 돗포(国木田独歩 1871~1908)가 1898년 발표한 수필집으로 도쿄 일대를 아우르는 너른 평지인 '무사시노'의 가을과 겨울 풍경을 찬미했다.

으려나 생각할 무렵, 할멈이 엇갈리듯 돌아왔다.

"아차차, 지금 막 와카 님이 돌아간 참인데. 저녁밥을 먹여 보낼까 했거든. 가서 데려와야겠군."

나는 서둘러 밖으로 뛰어나갔다. 잠깐만 기다려줘, 와카 님! 와카 님이라고 불러도 그는 화족의 도련님은 아니다. 예전 하숙집에서 와카야마는 와카 님, 나 기타하라는 기타 님이란 별명으로 불렸기 때문이다. 와카 님 기타 님이라니, 죽이 잘 맞는 한 쌍의 익살꾼처럼 들리겠지만 그 정도까지는 아니다. 여하튼 와카 님, 기다려줘!

뒤쫓아가니 와카 님은 '어허, 짝짝' 양쪽 옷소매를 휘적휘적하며 걸어가고 있다. 가스미기타관이란 하숙집 뒤편으로 내려가면 삼나무 숲과 신사가 나온다. 어스레한 내리막길 바닥에 언뜻언뜻 비치는 와카 님의 그림자가 '어허, 짝짝'을 한다. 어차피 집으로 돌아가는 길은 뻔하니 나도 '어허, 짝짝' 하며 뒤따라간다. 잠깐만 뛰면 단숨에 어깨를 칠 만한 거리인데 모처럼의 '어허, 짝짝'이니 좀 더 내버려두자 싶다. 보쿠스이는 내가 뒤를 밟고 있는 줄 모른다. 신사를 둘러싼 숲을 빠져나오자 와세다대학 정문 거리가 보인다. 왼쪽으로 돈다. 무슨 메밀국수 가게 앞이다.

'어허, 짝짝.' 뒤에서 나도 따라 한다. 보쿠스이, 왼쪽으로 돈다, 바바시타 거리다. 변함없이 마음대로 팔랑팔랑 나부끼는 '어허, 짝짝'. 가게마다 이미 전등불이 켜져 있다. 오른쪽 헌책방, 늘 머리를 부르르 떨어대는 해쓱한 주인 영감마저 "호오, 와카 님이 짝짝거리고 있네그려" 하며 쳐다본다. "뭐야, 기타 님도 있네"라고 하길래 '어허, 짝짝' 하고 웃으며 지나친다.

보쿠스이, 자유로이 팔랑팔랑하며 바바시타에서 기쿠이초로 올라간다. 빨리 쫓아가서 붙잡아 집으로 데려간 뒤 한잔하고 싶은 마음이 굴뚝같지만, 일껏 '어허, 짝짝'을 하는데 방해하면 미안하니 놓치지 않을 만큼 거리를 유지한 채 따라갈 뿐이다. 저쪽이 '어허, 짝짝' 하면 이쪽도 '어허, 짝짝'. 고생스럽게 100미터쯤 떨어져 뒤쫓으며 '짝짝'을 따라 하는 사이 어느덧 1킬로미터 넘게 걷고 말았다.

얏, 짝짝! 보쿠스이가 한층 더 높은 소리를 울린다. 얏, 짝짝! 나도 양손으로 소맷자락을 펄럭펄럭한다. 그런데 이게 웬일인가, 보쿠스이가 사는 하숙집 앞이다.

재빨리 달려가서 "멈춰! 뒤돌아! 할멈이 돌아왔어" 소리치며 그의 두 어깨를 꽉 붙들어 내 쪽으로 휙 돌려세웠다.

"아이고, 돌아오셨다고? 그럼 되돌아갈까?"

"좋아, 마셔보자고."

그길로 하숙집 앞에서 또 '어허, 짝짝'을 하기 시작한다.

"와카 님, 이번에는 도야마가하라를 돌아서 가시지요" 하니 "기타 님, 갑시다"라고 대답해 우리는 오쿠보 요초마치에서 도야마가하라로 걸어갔다.

"어허, 짝짝."

"얏, 어허, 짝짝."

유쾌하군 유쾌해, 아이고 좋아라. 형님 같은 기타 님이 '어허, 짝짝' 하면 와카 님도 '어허, 짝짝.'

그런 이야기다.

셋집 구하기

하야시 후미코林芙美子

1903년 후쿠오카현 출생. 1922년 여학교 졸업 후 도쿄에서 일하며 글쓰기에 몰두했다. 1930년 자신의 경험을 간결한 일기체로 고백한 『방랑기』로 일약 인기 작가가 됐다. 그 인세로 1931년 혼자 유럽 여행을 갔다 이듬해 돌아와 1933년 『삼등여행기』를 펴냈다. 이후 신주쿠에 집세 50엔짜리 이층집을 빌려 가족과 함께 살며 원고료로 생계를 책임졌다. 1935년 사소설적 소설에서 벗어난 단편 「굴」을 발표하며 문단의 인정을 받았다. 이후 여성 자립과 사회 문제를 파고드는 작품을 꾸준히 선보인 결과 1948년 여류문학자상을 수상했다. 1951년 6월 28일 마흔여덟 살에 심장마비로 생을 마감했다.
「셋집 구하기」는 1935년 11월 미야코신문에 실린 글이다.

야마자키 조운이란 사람 집 옆에서 도자카 쪽으로 슬슬 내려가면 후쿠자와 이치로 씨의 화실 지붕이 보인다. 불이라도 났었는지 좁다란 골목 안에 집 한 채가 몽땅 불탄 채 기둥만 우뚝 선 가운데 옆에 샐비어꽃이 가득 핀 셋집이 눈에 띄었다. 현관이 두 개였지만 낡아빠진 집은 덧문이 물을 빨아들인 것처럼 축축했다. 맥주병으로 꽃밭을 둘러쌌는데, 꽃밭 안에 쓰레기가 수북이 쌓였고 '간호사회'라고 적힌 하얀 간판이 버려져 있었다.

이런 집에서 살긴 싫다고 생각하며 골목과 골목 사이를 빠져나와 도자카 전찻길로 나왔다. 전찻길을 가로질러 염색집 골목으로 들어가니 아라카와구 닛뽀리 9번가였다. 아라카와구라니, 왠지 먼 곳까지 와버렸구나 싶어 갑자기 셋집 찾는 일이 지겨워졌다. 고물상이니 숯 가게니 생선 가게니 하는 일상 용품 파는 상점이 늘어선 거리를 긴 외투 자락을 펄럭이며 걸었다.

숯 가게 앞에서 주인이 목이 긴 실험용 유리병에 붉은 물을 담아 연탄으로 펄펄 끓인다. 이웃집 아주머니가 눈길을 준다. 나도 잠시 넋을 잃고 쳐다본다. 국숫집, 초밥집, 붕어빵 가게…… 여러 냄새가 난다. 레코드에서 음악이 울려 퍼진다. 나는 다바타의 유명 요릿집 '지쇼켄' 앞을 지나 석재상 앞에 놓인 익살맞은 너구리 장식물을 바라보거나 스와신사 옆 붉은 벽돌 언덕길을 정처 없이 올라간다. 초등학생이 우르르 내려온다. 다들 표정이 안 좋다. 바람이 찬 탓인지도 모른다. 모두 검푸른 얼굴빛이다.

야나카 묘지 근처쯤 왔는데도 셋집을 찾을 성싶지 않았다. 쓸데없이 걷기만 하고, 걸으면서 생각하는 것은 죄다 한심스러운 일뿐이다. 아사쿠라학원 앞에 다다르자 어마어마한 건축물에 깜짝 놀라고 말았다. 지붕 위에 청동상이 놓여 있다. 시골 사람이 좋아할 만한 건물이구나 싶었다. 석재상과 화과자점 사이를 빠져나와 야나카 묘지에 들어서니 역시 상쾌했다. 절마다 정원에 애기동백꽃이 한창이고 가로수 잎사귀는 곱게 가을빛이 감돈다.

넓은 거리로 나와 가와카미 오토지로* 동상 앞에 앉아 잠깐 쉬었다. 여자아이 둘이 옆에서 귤을 먹었다. 그 모습을 보니 내 혀에도 시큼한 과즙이 고이는 듯했다. 가와카미 오토지로 동상은 무척 젊었다. 바라보며 이 사람이 만든 연극을 한 번도 보지 못했구나, 마치 내가 아이처럼 어리게 느껴졌다. 동상 뒤에는 공동화장실이 있어 여러 사람이 들락날

* 가와카미 오토지로(川上音二郎 1864~1911) '신파극의 아버지'라 불리는 연극 연출가 겸 작가로 야나카 묘지에 묻혀 있다.

락했다.

일어나 야나카장례식장 쪽으로 걸어갔다. 장례식장 앞 버드나무는 11월인데도 아직 푸르렀다. 버드나무에서 길 하나를 건너면 조그만 액자 가게가 있는데, 액자 만드는 솜씨만은 옛날 그대로인 모양이다. 석재상 옆에서 왼쪽으로 돌아 사쿠라기초로 들어갔다. 대문이 아담한 셋집 한 채가 눈에 들어왔다. 나무껍질이 벗겨진 오래된 배롱나무가 담장 밖으로 뻗어 있다. 가와바타 야스나리 씨네 집과 많이 닮았다. 관리인을 찾아가서 집 안을 보여달라고 했다. 오랫동안 남에게 빌려줘서인지 구중중하고 스산스레 어두컴컴했다.

관리인은 몸집 작은 백발의 70대 할아버지로 귀가 잘 안 들리시는지 큰 소리로 "어디 사십니까?"라고 물었다. "오치아이에 살아요" 하자 "오치아이, 오치아이" 되뇌며 내 차림새는 조금도 신경 쓰지 않고 지팡이를 짚은 채 안으로 걸어 들어갔다.

1층은 현관이 2평, 객실이 4평, 작은 방이 1.5평, 별실이 3평이라 마음에 들었지만 객실 장식장 뒤로 1평짜리 이상한 방이 딸려 있는 게 무서웠다. 2층은 4평 남짓 크기인데 탁 트여 전망이 좋답니다, 관리인은 사다리처럼 가파른 계단을 슬슬 올라가며 말했다. 뒤따라 올라가던 나는 어둡고 비탈진 계단 중턱쯤 접어들자 문득 사토 하루오 씨의 「도깨비집」이란 소설이 떠올라 몸을 바르르 떨었다. 계단은 갈수록 굽이지고 가팔랐다.

2층은 깜깜했다. 관리인의 지팡이 소리만이 복도에 울렸다. 덧문 틈새로 희미한 햇빛이 불쑥 들이쳐서 방 안을 비췄다. 눈이 적응하자 관리인 할아버지는 덧문을 드르륵 밀어서 열었다. 복도로 나가니 바로 아래 골목이 보였다. 우유 배달부도 지나가고 두부 장수도 지나간다. 두부 장수는 리어카 위에 상자를 겹겹이 싣고는 나팔을 불고 있다.

월세가 얼마냐고 물었더니 50엔이란다. 보증금은 월세 4개월분, 제법 좋은 조건이었다. 하지만 벽장문에 그려진 학 그림을 보니 울적했고, 헌 신문이 널브러진 복도에 나가 2층 방에 이부자리를 펴고 잠드는 밤을 상상하니 시시했다. 마당 역시 너무 좁았다. 배롱나무와 팔손이나무와 회양나무가 네댓 그루, 별채 담장 부근에 실겨우살이풀이 자랐다.

"가족이랑 의논해보고 다시 올게요"라고 하자 관리인은 "그러시겠습니까?" 하며 들어올 때와 조금도 달라지지 않은 태도로 집 안 곳곳의 덧문을 닫았다. 나도 도와드릴 겸 별채 문을 닫고 신발을 신었지만, 관리인 할아버지는 좀처럼 나오지 않았다. 어둠 속에 누군가 있어 할아버지를 어떻게 한 건

아닐까 걱정되어 뒷문으로 가봤다. 이미 관리인 할아버지 신발은 거기 없었다.

나는 다시금 관리실 작은 현관에 서서 할아버지는 돌아가셨냐고 물었다. 공동수도 같은 곳에서 물을 뜨던 할머니가 "네, 돌아가셨습니다"라고 알려준 덕분에 안심하며 골목을 빠져나왔다. 비 갠 후의 춥고 습한 날이라 저렇게 을씨년스러웠겠지 싶어 집을 빌려도 괜찮겠다고 생각했다.

꽤 걸었다. 발끝이 욱신거렸고 저녁때라 배가 고팠다. 음악학교 옆을 종종걸음으로 뚜벅뚜벅 걸어갔다. 담장 안 교사에 불이 켜진 채 모든 창문에서 연습곡이 흘러나오고 열두세 살쯤 되어 보이는 아이들의 머리가 보인다.

길모퉁이에 자리한 커다란 국숫집으로 들어갔다. 가게 안은 아직 전등을 켜지 않아 어두웠다. "계세요?" 소리치자 재킷을 걸친 젊은 점원이 나왔다. 셋집이나 직업을 찾는 길에 국숫집에 들르는 풍경은 내 생활에 자주 있었구나, 마음속에 놀라움인지 쓸쓸함인지 쓴웃음인지 모를 감정이 솟았다. 냄비국수를 한 그릇 시켰다. 뜨거운 질냄비를 손으로 잡고 어묵과 시금치와 표고버섯을 하나하나 집어 먹었다. 너무 고독해서 화가 나던 차에 문이 드르륵 열리고 인력거꾼이 한 사람 들어왔다. 나와 등을 맞대고 앉아 메밀국수를 한 그릇 주문하더니 메밀면을 후루룩후루룩 맛나게 들이마셨다. 그것이 뭐라 설명할 수 없을 만큼 시원했다.

냄비국수를 다 먹고 돈을 내며 앞에 다니는 버스는 어디로 가는지 물었다. 다마노이까지 간다고 점원이 불을 켜며 가르쳐줬다. 아사쿠사를 지나는지 다시 한번 물으니 가미나리몬 앞에서 선다고 말했다. 나는 "잘 먹었습니다"라고 말하며 가게 밖으로 나왔다.

해가 있을 때 좀 더 찾아볼 작정으로 근처를 빙빙 돌아다니다가 우노 코지 작가 집을 발견했다. 우노 코지 씨는 이런 곳에 사시는구나, 잠시 서서 바라봤다. 무슨 까닭인지 문패가 거꾸로 달렸다. 2층 창문에는 발이 드리워진 채였고, 팔손이나무가 담장에 바짝 붙어 우거져 자랐다. 옆집은 뭐 하는 곳인지 맥주통 같은 나무상자가 우노 씨네 돌담 쪽까지 삐져나온 가운데 길 위에 자전거가 두 대 놓여 있었다.

우노 씨네 집이 있는 골목에서 T자형으로 막다른 곳에 담쟁이덩굴로 뒤덮인 기원으로 보이는 묘한 집이 보였다. 셋집이라 적힌 팻말이 눈에 띄었다. 이미 어둠이 내리기 시작했음에도 들어가 "셋집이 있나 보네요, 크기는 어느 정도 되나요?"라고 물었다. 저녁때라 바쁜지 주인아주머니는 설렁설렁 대답했다. "글쎄, 3평짜리 방에 2평짜리 방이……" 셋집은 좁은 모양이었다. 서로 빌려줄 생각도 빌릴 마음도 없는데 집 설명을 하고 또 듣고 있자니 이상한 기분이었다. 나는 그저 주인아주머니의 이야기를 멍하니 들을 뿐이었다.

그 집을 나오자 완연히 어두워져 있었다. 아사쿠사에 나가보기로 했다. 아사쿠사에 오자 역시 유쾌했다. 이케노하타 돌길을 탁탁 소리 내며 걸었다. 어묵이랑 문어 다리를 파는 노점상이 줄지어 늘어섰다. 하나야시키유원지를 돌아 센소지 절로 가서 문 닫힌 관음당에 올라 기도했다. 옆에는 다리에 각반을 찬 중년 남자가 절을 했다. 관음상은 밤새 열려 있는 줄 알았는데 저녁 6시쯤에는 문을 닫아버렸다.

나카미세 거리에는 야시장이 섰다. 양갱 파는 젊은 남자는 구니사다 주지* 이야기를 소리 높여 읽고, 집게손가락 없는 남자는 인삼이나 무를 잘게 써는 철물과 시코쿠 88개소 사찰 순례 스탬프북을 팔았다. 걷다 보니 어린아이가 된 양 신이 났다. 풍선이나 그림책을 든 아이들이 헤어지면서 "오싱에게 낼 오라고 전해줘, 알았지? 아주머니에게도 안부 전해주고." 이런 말을 카랑카랑 주고받으며 공원 밤안개 속으로 뿔뿔이 흩어졌다.

* 에도시대의 협객이자 노름꾼의 전형적인 인물로 시대소설이나 가부키 주인공으로 자주 등장한다.

나카미세에서 모지야키* 도구를 샀다. 돌아가서 모지야키를 맛있게 해 먹자고 생각했다. 이세진에서는 아주 작은 인형이랑 고양이 인형을 샀다. 가미나리몬에 다다르자 점점 집에 돌아가기가 싫어져서 10년 만에 전골을 먹으러 갔다. 수십 평쯤 되는 널찍한 가게 한가운데에서 재향군인들이 빙 둘러앉아 고기를 먹었다. 나는 68번이라고 적힌 나무패를 받아 들고 직원을 따라 모녀 손님이 앉은 옆자리에 자리를 잡았다.

"닭고기, 소고기 어느 걸로 드시겠습니까? 등심도 있습니다만." 머리를 틀어 올린 통통한 직원이 생글생글 웃으며 물었다. 나는 등심을 주문해 우적우적 먹기 시작했다. 하지만 아까 냄비국수를 먹은 탓에 속이 더부룩했다. 일하는 직원 모두 올림머리를 한 채 허리띠를 느슨히 매고 있다. 인생의 온갖 시련에도 끄떡없을 듯한 풍채가 부러웠다.

다 익은 등심을 입이 미어지게 욱여넣고는 손님들 얼굴과 직원들 얼굴을 살폈다. 마치 대중목욕탕에 온 것 같았다. 가슴에 단풍 장식을 단 여행객, 바구니를 든 젊은 시골내기 부부, 가족 나들이객 등 다양한 사람이 작은 식탁에 둘러앉

---

* 철판에 전용 숟가락으로 꿀을 넣은 밀가루 반죽을 조금씩 떨어뜨려서 글자 모양으로 부치며 즐기는 음식.

아 있었다. 옆자리 모녀는 계산을 하려는 참이었다. 이 모녀는 쭉 같이 지내는 사이가 아니라 이따금 만나는 사이인가 싶을 만큼 말투와 옷차림이 뭔가 달랐다. 크림색 비단옷을 입은 딸은 여급처럼 보였고, 무명옷을 입은 어머니는 목덜미에 수건을 둘렀다.

아사쿠사에서 돌아온 시간은 7시 반께, 셋집이고 뭐고 찾지 못했어도 아침결에 몰려온 우울은 훌훌 떨쳐버린 기분이었다. 부모님 방에서 작은 화로에 불을 피우고 모지야키를 만들 준비를 했다. 한창 바쁠 때 밀가루를 반죽하는 내 모습에 가족들은 깜짝 놀라며 쳐다봤다. 모지야키를 먹으며 하하하 웃기도 했다. 그러고는 일찍 잠자리에 들었다.

하지만 다음 날, 우울은 다시 찾아왔다. 만화가 도시마 가오루 씨가 돌아가셨다는 엽서에 이어 불쾌한 편지들만 날아들었다. 이삼일 전 도시마 씨를 만나러 갈 때 꽃다발을 가져갔는데, 그 꽃다발은 돌아가신 도시마 씨 머리맡에 아직 피어 있겠지. 목욕물을 데우고 두세 번 들어갔다 나왔다. 마음이 어수선하면 목욕하는 버릇이 있다.

"도시마 씨네 간 게 언제였지?" 어머니에게 물었더니 18일이라고 알려줬다. 우에야마 군이 주소를 애매하게 가르쳐준 탓에 같이 사는 제자와 함께 반나절 동안 아사가야 마을을 여기저기 돌아다녔다. 집을 찾았을 때는 녹초가 되었기에 우에야마 군에게 불같이 화를 내곤 안에는 들어가지 않았다. 제자에게 꽃과 편지를 전해주라고 하고 문간에 서 있었다. 결국 오랫동안 뵙지 못한 채 도시마 씨를 떠나보내고 말았다. 이렇게 일찍 돌아가실 줄 미처 몰랐다. 직접 찾아뵙고 인사를 드렸으면 좋았을걸, 후회스러울 따름이다.

도시마 씨도 가족이 많았으니 떠나는 마음이 편치 않았으리라. 살아생전 도시마 씨를 만난 건 서너 번 정도였다. 만화를 그리러 왔을 때, 마찬가지로 만화가인 가토 에쓰로 씨와 동석했을 때 등. 남달리 친한 사이는 아니었지만 성실하고 훌륭한 사람이었다. 요미우리신문의 가와베 씨가 그를 무척 칭찬하기도 했다. 도시마 씨를 떠올리니 정말이지 지금 죽으면 곤란하다고 생각했다. 오래 살아서 온 마음을 다한 작품 하나라도 남기고 싶으니. 여하튼 셋집은 신문광고를 내서 구해야겠다.

" 꽤 걸었다.

발끝이 욱신거렸고

저녁때라 배가 고팠다.

음악학교 옆을 종종걸음으로

뚜벅뚜벅 걸어갔다. "

하야시 후미코

화재

나쓰메 소세키夏目漱石

1867년 도쿄도 출생. 1893년 도쿄대 영문과를 졸업한 뒤 교편을 잡으며 하이쿠 동인으로 활동했다. 1900년 영국으로 유학을 갔다가 1903년 귀국해 대학에서 영문학을 가르치던 중 1905년 1월부터 이듬해 8월까지 『두견』에 『나는 고양이로소이다』를 연재해 호평받았다. 1907년 도쿄대 교수를 그만두고 아사히신문에 전속 작가로 들어가 『도련님』, 『마음』 등을 선보이며 '국민 작가'로 자리매김했다. 오랫동안 신경쇠약과 위궤양에 시달리면서도 마지막까지 펜을 놓지 않다가 1916년 12월 9일 마흔아홉 살에 생을 마감했다. 「화재」는 1909년 1월부터 3월에 걸쳐 '긴 봄날 소품'이란 제목으로 아사히신문에 연재한 열네 번째 글이다.

숨이 차서 걸음을 멈추고 위를 올려다보니 불티가 벌써 머리 위를 지난다. 불티는 서리를 인 하늘 너머 아주 맑고 깊은 곳으로 모조리 날아가다가 돌연 사라진다. 그런가 했더니 곧바로 뒤에서 선명한 녀석들이 일제히 바람에 실려 가물거리며 맹렬히 쫓아오다가 느닷없이 사라져버린다. 불티가 날아오는 방향을 쳐다보니 커다란 분수를 모아놓은 듯 불길 뿌리가 하나로 합쳐져 차가운 하늘을 빈틈없이 물들인다.

5미터쯤 앞에 큰 절이 있다. 기다란 돌계단 중간에 굵은 전나무가 조용히 가지를 어둠 속으로 뻗은 채 둑 위로 우뚝 솟았는데, 불은 그 뒤편에서 난 모양이다. 검은 줄기와 움직이지 않는 가지만 빼곤 온통 새빨갛다. 발화 지점은 높은 둑 위가 틀림없다. 100미터 정도 더 걸어가서 왼쪽으로 언덕을 오르면 현장이 나오리라.

다시 빠른 걸음으로 걷기 시작했다. 뒤에서 오는 사람 모두 나를 앞질러 지나간다. 개중에는 스쳐 가며 큰 소리로 말을 거는 사람도 있다. 어두운 길은 자연스레 신경이 곤두선다. 언덕 아래에 도착해 드디어 올라가려는데 겁이 덜컥 날 만큼 가파르다. 그 비탈진 길이 지금은 사람 머리로 꽉 차서 위에서 아래까지 밀치락달치락 복작거린다. 불길은 언덕 꼭대기에서 가차 없이 솟아오른다. 인간 소용돌이에 휩쓸려 언덕 위까지 밀어 올려지다가 뒤로 밀려지다가 하는 사이에 다 타버릴 것만 같다.

50미터 남짓 더 걸어가면 마찬가지로 왼쪽으로 돌아가는 큰 언덕길이 있다. 올라간다면 그 길이 더 편하고 안전하지 싶었다. 생각을 바꿔 마주 오는 사람들을 번거로이 피해서 겨우 모퉁이까지 나오자 저쪽에서 세차게 벨을 울리며 증기 펌프를 실은 소방 마차가 달려왔다. 비키지 않는 자는 모조리 깔아뭉갤 기세로 인파 사이를 전속력으로 몰아대다가 말발굽 소리와 함께 말 콧등을 언덕 쪽으로 단번에 돌려세웠다. 말은 게거품을 뿜어낸 입을 목에 비비며 뾰족한 귀를 앞으로 세우더니 갑자기 앞발을 맞춰 그대로 뛰쳐나갔다. 그때 밤색 털로 덮인 몸통이 덧옷 입은 남자가 든 등불에 스치며 벨벳처럼 빛났다. 소방 마차는 선홍색으로 칠한 두꺼운 수레바퀴가 내 발에 닿겠다 싶을 정도로 아슬아슬하게 돌아 일직선으로 언덕을 달려 올라갔다.

언덕 중턱에 오르자 아까 정면에 있던 불길이 이제 비스듬히 뒤쪽에서 보였다. 언덕 위에서 다시 왼쪽으로 되돌아가야 한다. 골목을 찾아보니 좁은 길이 하나 있었다. 사람들에게 밀려 들어서자 깜깜하다. 한 치의 틈도 없을 만큼 빽빽하다. 그리고 서로 힘껏 소리를 지른다. 불은 분명히 저쪽에서 타고 있다.

　10분 뒤 가까스로 골목을 벗어나 거리로 나왔다. 그 거리도 폭이 넓지 않아서 이미 사람들로 가득 찼다. 골목을 나오자마자 조금 전에 땅을 차며 달리던 소방 마차가 눈앞에 가만히 서 있다. 말을 몰아 간신히 여기까지 왔지만 5미터가량 앞 모퉁이에 막혀 꼼짝없이 불구경하는 신세다. 불길은 코앞에서 타올랐다. 옆으로 밀려난 사람들은 저마다 어디야, 어디 하고 외친다. 그 말에 사람들은 저기야, 저기 하고 말한다. 하지만 양쪽 다 불길이 이는 곳까지는 가지 못한다. 불길은 점점 세지며 고요한 하늘에 부채질하듯 무시무시하게 치솟았다.

　다음 날 정오가 지나 산책하러 나왔다. 그 김에 발화 지점을 확인하려는 호기심에 그 언덕을 올라갔다. 어젯밤에 걸은 골목을 빠져나와 소방 마차가 멈춰 서 있던 거리로 나온 뒤 5미터쯤 앞 모퉁이를 돌아 어슬렁어슬렁 걸어 다녔다. 겨울잠을 자는 것처럼 집들이 줄지어 잠잠히 가라앉아 있을 뿐, 불탄 흔적은 어디에도 보이지 않았다. 불길이 이쯤에서 타올랐겠지 싶은 곳은 말끔한 삼나무 울타리만 이어졌다. 그중 한 집에서 희미하게 거문고 소리가 새어 나왔다.

장미 다섯 송이

가타야마 히로코片山廣子

1878년 도쿄도 출생. 어린 시절부터 문학에 관심이 많아 도요에이와여학교
에서 영문학을 공부했다. 1896년 졸업 후 가인으로 활동하는 한편 아일랜드
문학을 번역했다. 1910년부터 오이타구 마고메 근처에 살며 이웃 문인들과
'오모리 언덕 모임'을 열어 창작을 이어가던 중 1916년 가집 『물총새』를 출간
해 호평받았다. 또 아일랜드 극작가 로드 던세이니의 희곡을 번역해 모리 오
가이에게 극찬받았다. 1944년 34년간 살았던 산노를 떠나 스기나미구 작은
동네로 이사해 글을 쓰고 시를 지으며 살았다. 1954년 『등화절』이 일본에세
이스트클럽상을 수상했다. 1957년 3월 19일 일흔아홉 살에 세상을 떠났다.
「장미 다섯 송이」는 1951년 2월 잡지 『생활의 수첩』에 실린 글이다.

예전에 나는 매우 한가로운 인간이었다. 어째서 그토록 한가했는지 생각해보니 해야만 하는 이런저런 일을 하지 않았기 때문이지 싶다. 게으름쟁이라 가끔 바쁜 일이 생기면 금세 지쳐버렸고, 그럴 때는 산책하러 나갔다.

한번은 우리 집에서 그다지 멀지 않은 마고메 언덕을 오르락내리락하며 걸었다. 마고메 99곡이라고 해서 언덕과 골짜기가 몇 개나 연이어, 어딜 가든 저마다 다른 빛과 색을 띠기에 산책하기 즐거웠다. 그날 내가 걸은 곳은 지금은 초등학교가 들어선 골짜기 부근에서 넓은 언덕으로 올라가는 샛길을 약간 왼쪽으로 꺾어 동남쪽으로 향한 비탈이었다. 거의 모두 밭으로 아주 드물게 별장 같은 자그마한 집들이 보였다. 그러다 잠깐 걸음을 멈추었다. 널따란 비탈면을 마당 삼아 (원래 밭이었던 곳이라 나무는 한 그루도 보이지 않았다) 장미 정원을 만들 작정인지 커다란 장미나무 몇 그루가 심어져 있었다. 주변에는 작은 장미 묘목이 어지러이 잔뜩 자랐다. 마침 6월 초라 커다란 장미나무에는 꽃이 흘러넘칠 만큼 한가득 피었다.

새로운 장미 정원의 주인인 듯한 사람이 그 근처를 청소하는 중이었다. 마흔 살쯤 되어 보이는 키가 크고 정결한 풍채를 지닌 신사였다. 장미 정원 주인다운 옷차림이었지만,

아직은 남의 옷을 빌려 입은 느낌이었다. 울타리도 없는 길가에 서 있는데 주인과 눈이 마주쳤다. 가볍게 인사하며 "꽃이 무척 아름답네요"라고 풋내기 정원사에게 어울릴 법한 말을 건넸다. 주인은 살짝 수줍어하며 "아니, 이제 막 시작한 참이라 그리 좋은 꽃은 피지 않았어요"라며 겸손하게 대답했다. 그대로 지나가려다가 한마디 덧붙였다.

"장미꽃을 조금 나눠주실 수 있나요?"

"그럼요, 몇 송이 드릴까요?"

다섯 송이쯤 달라고 했더니 주인은 허리춤에서 가위를 꺼내 꽃을 자르려다가 말고 머뭇거리며 말했다.

"꽃값을 받아도 될까요?"

"네, 괜찮고말고요."

나는 순간 얼굴을 붉혔다. 무시근한 나라도 커다란 장미 다섯 송이를 염치없이 그냥 가져갈 마음은 없었다. 그런데 새로운 장미 정원 주인은 꽃값을 받는 게 죽도록 어려운 모양이었다. "그럼 한 송이에 8전씩 받을게요"라며 꽃을 잘랐다. 내가 50전짜리 은화를 내밀자 "거스름돈을 드려야죠" 하며 주머니에 손을 넣길래 "아니요, 거스름돈은 됐어요"라고 말리자 "그럼 꽃을 더"라며 막 터지기 시작한 꽃봉오리를 두 송이 잘라냈다. 세상에, 이 귀여운 분홍빛 꽃봉오리

두 송이가 10전짜리 거스름돈이라니. 두 송이의 꽃봉오리가 기쁘기도 하고 슬프기도 했다. 나는 다시금 발걸음을 옮겼다.

나중에 들은 소문으로는 그 장미 정원 주인은 도카이도 연변 어느 현의 관료로 지사 다음가는 지위에 있던 사람이었다. 그러다 세상을 떠들썩하게 했던 어느 의옥 사건 때 부하로 인해 화를 입고 퇴직한 뒤 세상을 피해 마고메로 이사 왔다고 한다. 물론 확실한 이야기는 아니었다. 가을 장미가 필 무렵, 또다시 근처 밭길을 산책했지만 그날은 젊은 남자 정원사만 일할 뿐 주인은 보이지 않았다.

2년쯤 지나 그 주인은 억울한 죄가 풀려 원래 세계로 화려하게 복귀했고, 마고메 언덕 밭은 다른 사람 집이 되었다. 그 뒤 20년 넘게 지나 아마도 전쟁 중에 세상을 떠난 것 같다.

종전 이후 전쟁에 대한 두려움은 사라졌어도 좁은 그릇 속에서 이리저리 휘둘린 우리는 모두 수렁에 빠졌다. 거꾸로 이전보다 생활이 좋아진 사람도 조금 있었지만, 대부분은 생계를 위해 무슨 일이든 해야만 살아갈 수 있는 상황에 몰렸다. 그중 한 사람인 나도 어떻게든 일하고 싶다, 뭐가 됐든 직업을 갖고 싶다. 바라고 바라면 뭔가 예상치 못한 길이 열리지 않을까.

새삼 오랫동안 잊고 있던 언덕 위 장미 정원을 떠올린다. 장미꽃을 자르고 꽃봉오리를 한 송이 두 송이 꺾어 작은 이익과 작은 손실을 쌓고 또 쌓아 새로운 일을 키워나가야지, 요즘 간절히 생각한다. 꽃꽂이나 다도를 가르치거나 양재나 달걀 파는 일도 즐거우리라. 세탁부도 시원스러운 느낌이라 좋다. 뭔가 일을 해서 남에게 의지하지 않는 삶을 살아가고 싶다. 무엇보다 먼저 한탄을 버리자. 돌이켜보니 이 짧은 글이 전부 하나의 한탄일지도 모르겠다. 혹시 그랬다면 미안합니다.

" 게으름쟁이라

가끔 바쁜 일이 생기면

금세 지쳐버렸고,

그럴 때는 산책하러 나갔다. "

가타야마 히로코

" 걸으면 걸을수록
웅장한 절과 고요한 땅이
자꾸자꾸 나타난다. "

다이고 마을

사카구치 안고坂口安吾

1906년 니가타현 출생. 1926년 도요대 인도철학이론과에 입학, 1931년 단편「겨울바람 부는 술 창고에서」가 시마자키 도손에게 극찬받은 일을 계기로 작가의 길에 들어섰다. 1936년 교토 후시미에 머물며 장편『눈보라 이야기』를 쓰던 중 한동안 절망에 빠져 술과 바둑으로 나날을 보냈다. 1938년 도쿄로 올라와 다시 창작에 매진하며 여러 작품을 발표한 끝에 1946년 패전 직후의 일본 사회를 분석한 평론『타락론』과 단편「백치」로 인기 작가가 됐다. 이후 소설과 수필, 역사 연구, 문명 비평 등 자신만의 시각으로 다채로운 집필 활동을 펼쳤다. 1955년 2월 17일 뇌출혈로 마흔아홉 살에 사망했다. 「다이고 마을」은 1939년 10월 잡지『어린 풀』에 실린 글이다.

3년 전 초봄, 교토에 산 지 2주가 채 안 됐을 무렵 갑자기 오다 다케오* 군이 찾아왔다. 오다 군은 상하이 여행을 가는 길로 교토는 처음이라고 했다. 우리 집에 오기 앞서 막 구경한 다이고지 절에 꽤 감동했는지 곧장 주머니에서 그림엽서를 꺼내더니 설명을 늘어놓았다. 나도 아직 교토는 생판 몰랐기에 다이고라는 지명도 다이고지라는 절도 그때 알았다.

교토는 이삼일 내로 분주하게 돌아볼 생각이 아니라면, 정처 없이 산책할 작정으로 탈것을 타지 않고 발길 가는 대로 어슬렁어슬렁 걸어야 제맛이다. 걸으면 걸을수록 웅장한 절과 고요한 땅이 자꾸자꾸 나타난다. 어쩌다 누군가에게 절 이름을 물어보면 모두 옛날부터 유명한 절이다. 하여 멍하니 자연스레 친해지는 편이 좋다.

오다 군이 떠나고 나서 일주일쯤 지나, 나는 후시미에서 산을 향해 발길 닿는 대로 걸어갔다. 마음껏 걸었다. 고개를 넘었다. 교토는 시내에 고개가 있다. 산적이 나타날 법한 깊은 산속에 길이 있다.

고개를 넘어 겨우 마을에 가까워졌을 때, 나무가 울창하

---

* 오다 다케오(小田嶽夫 1900~1979) 소설가로 대표작인 「성외」로 아쿠타가와상을 수상했다.

게 우거진 능이 보였다. 우다 왕의 아내 후지와라 다네코 왕후 무덤이었다. 왕릉과 마찬가지로 멋들어지게 가꾸고 잘 보존한 왕비 묘는 처음 본 탓에 후지와라 다네코는 어떠한 존재였을까, 발걸음을 떼지 못한 채 한동안 생각에 잠겼다.

드디어 마을에 한 발 들어서자 그 수수께끼는 금세 풀렸다. 가쥬지라는 황폐한 큰 절이 있었다. 절 앞에 다이고 왕이 생모인 후지와라 다네코가 세상을 떠난 일을 슬퍼하며 능 옆에 사당 한 채를 짓고 아침저녁으로 명복을 빌었다고 적힌 팻말을 세워 놓았다.

또 발길 가는 대로 대숲이 무성한 시골길을 잠시 걷다 보니 즈이신인이라는 절에 다다랐다. 이 근처는 오노노 마을이라고 오노노 고마치*가 살았던 곳이란다. 이윽고 산기슭 널찍한 밭 한가운데 다이고 왕릉이 있고 마침내 다이고지 절이 눈앞에 모습을 드러냈다.

헤이안시대에서 다이고 왕이 다스리던 시기가 정사는 물론이고 세상이 가장 순조롭고 평화로웠다. 『겐지 이야기』는 이 태평성대를 무대 삼아 지어졌는데, 때마침 다이고 왕과 관련한 이런 일화를 읽은 적이 있다.

---

* 헤이안시대 가인으로 신카이 마코토 감독이 "꿈인 줄 알았다면 깨지 않았을 것을"이란 그의 노래에서 영감을 받아 「너의 이름은.」을 만들었다.

다이고 왕조 시절, 간렌이라는 스님이 계셨다. 당시 제일 가는 바둑 명인으로 왕의 부름을 받아 날마다 바둑을 상대했다. 간렌 스님은 일본에서 최초로 바둑책을 저술한 사람이기도 하다. 안타깝게도 오늘날 그 책은 남아 있지 않다. 왕은 간렌과 두 점 접바둑을 두었다고 하니 꽤 실력이 좋았던 모양이다.

한번은 왕과 간렌이 황금 베개를 걸고 한판 승부를 겨뤘다. 결국 멋지게 승리를 거둔 간렌은 황금 베개를 겨드랑이에 낀 채 신바람이 나서 물러났다. 왕은 은밀히 신하를 불러 강도로 위장해 집으로 돌아가는 간렌한테서 황금 베개를 빼앗아 오라고 시켰다. 이리하여 왕은 매일 저녁 황금 베개를 걸고 바둑을 청했고, 그때마다 연전연패했다. 간렌은 연전연승했지만 밤이면 늘 모처럼 받은 황금 베개를 강도에게 빼앗겼다.

그러던 어느 밤, 강도가 여느 때처럼 앞을 가로막자 간렌은 황금 베개를 옆 우물에 냅다 던져버리고 달아났다. 이튿날 신하는 우물 속을 뒤졌다. 그런데 어찌 된 일인지 나무 베개가 나왔다. 왕의 장난을 눈치챈 간렌이 꾀를 내어 미리 가짜 베개를 준비해 우물에 내던진 뒤 자신은 슬쩍 궁으로 되돌아가 진짜를 집으로 감쪽같이 가져간 것이었다. 간렌은 죽기 직전 황금 베개를 유골과 함께 관에 넣어달라고 유언 했다.

　원래 『연희식』*에 나오는 이야기라는데, 나는 에도시대 수필에 인용된 문장으로 읽었다. 그즈음 다 쓴 장편소설이 마음에 들지 않아 찢어버리고는 몹시 낙담한 채 매일 밤 바둑만 두던 중이었다. 바둑에 빠져 살면서도 더욱더 슬퍼지는 나날이었기에 정감 어린 느긋한 헤이안시대 감상이 무척 마음에 와닿았다.

　그 후로 내 공상의 세계에서 멋대로 완성된 평화롭고 화려한 그리고 정으로 가득 찬 다이고 왕조를 머릿속에 그리며 몇 번이나 다이고의 땅, 오노노의 마을, 야마시나 근처를 멍하니 걸어 다녔는지 모른다.

* 헤이안시대 왕실 법도나 사당에 관해 기록한 책으로 927년 편찬됐다.

사카구치 안고, 사이타마현에 있는 고려신사에서.
고구려 마지막 임금 보장왕의 자손인 약광을 모시는 곳이다.

산책 생활

나카하라 주야中原中也

1907년 야마구치현 출생. 1926년 니혼대 문학과에 입학, 수업에 들어가지 않아 퇴학당한 이후 프랑스어를 배우며 프랑스문학에 심취했다. 다다이즘의 영향을 받아 독특한 문체가 돋보이는 「아침의 노래」, 「임종」 등 시를 발표하며 이름을 알렸다. 1932년 첫 시집 『염소의 노래』를 펴냈으나 상업적 성공은 거두지 못했다. 1933년 폴 베를렌, 랭보의 시집을 번역하는 한편 결혼해 안정된 생활 속에서 실험적인 시를 꾸준히 선보이며 명성을 쌓았다. 1936년 아들이 사망하자 충격으로 신경쇠약에 걸려 요양하다가 1937년 10월 22일 서른 살에 결핵 뇌막염으로 세상을 떠났다.

「산책 생활」은 미발표된 글로 『나카하라 주야 전집 3』에 실려 있다.

"빨리 결혼이라도 해서 똑바로 살아, 똑바로."

아사쿠사 어느 카페에서 사촌 형 같은 사람이 사촌 동생으로 보이는 이에게 말했다. 그 녀석들은 내 테이블 바로 옆에서 생맥주 한 잔을 30분에 걸쳐 마시고 있었다. 나는 술을 마셔 기분이 좋았다. 말동무가 있었으면 하는 한편 없어서 편하기도 했다.

가게 밖으로 나오니 달이 아름다웠다. 전차와 사람과 상점 위로 달님은 구름 속을 들락날락하며 시원스레 흘러갔다. 산들바람이 불었다. 가슴 한가득 숨을 들이쉬었다.

"그렇군, 똑바로 살아, 똑바로, 인가."

아내*와 헤어진 지 5년이 되었다. 다시 결혼하고 싶을 때도 있지만 누군가 있으면 이렇게 한가로이 살아가기 어렵겠지 싶어 망설여진다.

긴자에서 한 잔 더 걸친 뒤 게슴츠레한 눈으로 야시장 앞을 걸어갔다. 네모난 건물 위를 달은 마치 인간의 친구인 양 떠돌았다.

초여름이었다. 다들 옷이 얇아진 덕에 마음마저 가벼워졌다. 반들반들한 구두 가게와 유난히 깨끗한 양품점, 장난감

* 결혼은 하지 않았지만 1924년부터 1926년까지 동거한 배우 하세가와 야스코를 가리킨다. 헤어진 뒤에도 그녀를 못 잊어서 그녀에 관한 시를 짓기도 했다.

가게와 남성미 물씬 풍기는…… 어찌 이 세상을 잊을 수 있으랴.

"어이!" 나는 인사를 건넸다. 일본이 좋다며 저 멀리 독일에서 온 펜화 화가 프리드리히 그레일이 다가왔기 때문이다.

"어떻게 지내셨나요?" 그는 생긋생긋 웃으며 말했지만 관자놀이를 꾹꾹 눌렀다. 오늘은 말끔한 양복 차림에 지팡이를 들었다.

"매번 펜화 복제물을 보내주셔서 감사합니다."

"음…… 아스타 닐센 말이죠." 프리드리히는 덴마크 여배우 아스타 닐센을 좋아해서 그녀의 초상화를 몇 장씩 그리는 남자다. 내 얼굴을 빤히 쳐다보며 함께 산책할까 말까 고민한다. 그도 외로운 모양이다. 입가에 쓸쓸한 미소가 배어든다.

"아스타 닐센!"

혼자 사는 집이 있는 니시오기쿠보에 다다르자 가게 앞 등불이 눈병이라도 걸린 듯 흐릿하다. 과일 가게는 코감기라도 걸린 것처럼 보인다. 마을 어귀 어두컴컴한 카페에서 노랫소리가 들려온다. 여기부터는 곧장 밭길이다. 개구리가 운다. 거친 소리를 내며 전차가 달려간다. 달은 여전히 하늘 높이 떠서 흘러간다.

어두운 현관으로 들어서니 석간신문이 툭 떨어졌다. 손으로 집어 들자 그 아래 엽서가 나타났다.

그동안 격조했습니다. 그저께 극심한 위경련이 온 뒤로 술을 끊었습니다. 시험 성적이 나왔는데 예상대로 두 과목 낙제. 운운.

고요한 밤이다. 아무도 다니지 않는다. 그러다 여자와 남자가 이야기를 주고받으며 걸어온다. 묘하게 킁킁거리는 말투다. 여사무원과 가난한 월급쟁이쯤 되려나. 애인 사이 같다, 확실하진 않지만. 길모퉁이에 있는 우리 집 옆을 지날 때는 발걸음을 늦춘다. 이제 뭐라는지 알아들을 수 없다. 어쩌면 당사자들도 서로 알아듣지 못할지도 모른다. 그저 킁킁대는 소리만 들린다.

꿈이라느니 상상이라느니 풍자라느니 비유라느니 사람들은 말하지만, 도대체 그게 뭔지 나는 잘 모르겠다. 내 머릿속은 이미 텅텅 비어 있다. 예전에는 대수학이나 기하학도 공부했지만 지금은 아무것도 기억나지 않는다.

그래도 살아가는 일은 제법 즐겁다. 즐거움만이 다가 아니라면, 부디 내게 의미 있는 일 한 가지를 알려줄 사람은 없는지. 애당초 나는 바다 깊이를 재는 납덩이처럼 제 무게에 빠져드는 일 말고는 아무런 흥미를 느끼지 못한다.

세상에는 인생을 자기 야망의 먹이로 삼아 끈질기게 50년간 살아가는 사람이 있다. 또는 자신의 신념에 따라 사심 없이 50년간 일하는 사람이 있다.

나로 말할 것 같으면 인생을 야심의 대상물로 삼더라도 지치지 않는 호랑이도 아니고, 그렇다고 자신의 신념이 특별한 형태를 갖출 만큼 솟아나지도 않는다. 아무것도 하지 않으면 게으름뱅이일 뿐이라는 이야기로 어쨌든 뭔가 해도 고작 조심스레 앞발로 톡 건드리는 정도다. 결국 몹시 지쳤다는 말이 가장 잘 어울릴지도. 하지만 달이 보이면 흥겹고, 어두운 구름이 걷히면 기분이 좋아서 희망마저 샘솟는다. 그걸 표현하려고 마음먹으면 이마에 주름이 잡히니, 느끼는 것과 만드는 것은 정반대되는 활동인 셈이다. 그 탓에 나는 슬럼프다.

다만 슬럼프라고 해서 허둥대지도 않거니와 울지도 않는다. 소극적 수양이라면 쌓을 만큼 쌓았으니 조신하게 살고 있다. 유난히 과거나 미래를 떠올리는 일 없이 1에 1을 곱해도 1이 나오는 것처럼 현재를 얌전히 살아간다. 누군가에겐 부덕의 보조 연주자인, 또 누군가에겐 미덕의 반주자인 술이란 강력한 액체 하나에 기대어 조심스레 말이다. 발굴된 폼페이 시내에 파리 날갯짓 소리조차 안 나는 여름날 정오, 돌이나 기둥에 머리를 부딪쳐 베스비오산이 뿜어내는 연기를 곁눈질하며 죽어 사막에 파묻힐지언정 아주 얕볼 수 없도록. 뭐 일본 도쿄에서 다소곳이 산다.

히스테리는 이쯤에서 그만하겠다. 오늘 밤 이대로 잠들어 머리를 식히고 나면 다시 내일은 산책이다.

매일 아침 11시면 밥을 가져다주는 식당 청년이 나를 깨운다. 요컨대 11시에는 눈을 뜬다. 청년은 새빨간 얼굴을 하고 키가 큰데 재킷에 벨벳 바지를 입고 있다. 아침마다 그 녀석의 얼굴을 보면 억지로 눈이 떠질 만큼 늘 싱글싱글 웃는다. 나이는 스물네 살인 모양이다. 녀석보다 먼저 드나들던 사람은 폐렴을 앓아 한 달 남짓 보이지 않았다. 양식을 들고 오는 날은 우쭐거리며 뽐낸다. "오늘은 좀 특별한 음식을 갖고 왔답니다" 하며 보자기를 푼다. 그러고는 신문을 읽으며 느긋하게 시간을 보내다가 돌아간다.

나는 일어나면 먼저 어젯밤 자리끼를 마신 뒤 담배 두세 대를 피운다. 그게 30분은 걸린다. 이어 물을 떠 와서 얼굴을 씻는다. 주전자에 새 물을 붓거나 찻주전자를 씻거나 그밖에 하나하나 말할 순 없지만 남자 혼자 살림이라도 꽤 바

쓰다. 잡일이 끝나면 다시 담배 한 대를 피우고 신문을 읽는다. 신문은 문예면과 사회면밖에 읽지 않는다. 딴 곳은 읽어도 잘 모른다. 어지간히 모자란 사람이구나, 스스로도 생각한다.

오늘 아침 문예면에는 마사무네 하쿠초*가 지껄이고 있다. 가쓰모토 세이치라는 평론가를 은근히 자극하는 글이다. "인간의 마음에서 소유욕을 모조리 없애버리는 일과 맞먹을 만큼 어려운 일이다" 따위가 쓰여 있는데, 읽다 보면 과연 그렇겠구나 싶게끔 썼다. 하지만 난 무슨 말인지 잘 이해가 안 갔다. 한 여자에게 반해 그 여자를 차지하고 싶은 마음과 인간의 소유욕을 동일 선상에서 논할 수 있는 건가. 다 읽고 나니 그 문장의 취지가 전혀 상관없이 느껴졌다.

마음도 정신도 없이 날카로운 글귀와 의미만 대충 짜 맞추고는 비평이니 학문이니 하는 녀석이 이토록 많다니. 애당초 자기 마음이 원하지 않는데도 서점에 갔더니 책이 있었다면서 학문을 익힌 탓이다. "역시 아침에는 된장국을 먹어야지"라든가 "부채란 놈은 잘도 없어진다니까"라며 어쨌든 활기 넘치는 녀석들이 현대인의 범죄심리 따위를 씨부렁

---

* 마사무네 하쿠초(正宗白鳥 1879~1962) 자연주의 작가이자 문예평론가로 허무적이고 회의적인 인생을 날카롭게 묘사한 작품을 주로 발표했다.

대니 지나가다가 갑자기 청혼받은 처녀처럼 당황스럽기 그
지없다. 대학교 철학과 1학년 학생이나 "이건 심각한 문제
네" 연신 말을 내뱉으며 칸트나 헤겔을 읽는다.

유럽이 햄릿에게 지친 끝에 돈키호테로 움직인다. 그러자
정신없는 일본인들이 "그래! 밝아져야 해"라고 떠든다. 저쪽
이 실내에 질려 밖으로 나간다. 그러자 이쪽에서 태양 아래
졸던 무리가 으하하 웃으며 기뻐한다. 그 형태는 그들이나
우리나 서로 비슷하다. 모양으로 보면 철관도 관이고 지하
철도도 관이다.

이런, 오늘은 비가 내려서 섣불리 산책하러 나가지 못하
겠다. 그래도 슬슬 햄릿이 싫증 나니 돈키호테와 함께 가볼
까. 비가 오더라도 우산이 있다. 전차를 타면 지붕도 있다.

" 독일인 노부인들이
옛날 옛적 소녀들이나 했던
네잎클로버 찾기를 하다니! "

네잎클로버

호리 다쓰오堀辰雄

1904년 도쿄도 출생. 1925년 도쿄대 국문과에 입학, 동인지 『산누에』에 첫
소설 「단밤」을 발표했다. 스물네 살 때 흉막염으로 휴양지로 유명한 나가노
현 가루이자와에서 요양하며 1930년 『개조』에 단편 「성가족」을 써서 호평받
았다. 1936년 약혼녀를 잃은 경험을 바탕으로 순수한 사랑을 그려낸 『바람
이 분다』를 연재하며 인기 작가가 됐다. 1938년 결혼해 안정을 찾고 집필 활
동에 매진, 1941년 첫 장편 『나오코』로 중앙공론사문예상을 수상했다. 이
후 수년간 가루이자와에서 요양 생활을 하면서도 창작 의욕을 불태우다가
1953년 5월 28일 마흔아홉 살에 폐결핵으로 사망했다.
「네잎클로버」는 1941년 10월 잡지 『신여원』에 실린 글이다.

올여름에는 정말로 비가 많이 내렸다. 산책도 좀처럼 하지 못했다. 다행히 8월 중순을 지나서부터 비가 뚝 그치고 맑게 갠 날이 이어졌다. 어느 날, 산책을 나갔다. 마을회관 쪽으로 S자를 거꾸로 한 모양으로 구부러진 길에 다다랐을 때였다. 노부인 두 명이 길가 풀숲에 쭈그리고 앉아 뭔가 열심히 찾는 뒷모습이 보였다.

파이프를 입에 물고 가까이 다가가니 가끔 그 길에서 마주치는 고상한 노부인들이었다. 그중 늘 고풍스러운 밀짚모자를 쓰고 다니는 노부인이 햇빛을 가리려는 양 풀 위에 손을 올리고 마법이라도 거는지 끊임없이 느릿느릿 움직였다. 머리에 터번을 둘러 감은 다른 한 분은 곁에서 앉았다가 일어났다 하며 그 손놀림을 뚫어져라 쳐다봤다. 그제야 네잎클로버를 찾고 계셨음을 알아챘다.

두 노부인을 바라보며 나는 왠지 보지 말아야 할 장면을 본 듯한 기분이 들었다. 본체만체하고 파이프를 빨아들이며 두 사람 등 뒤로 조용히 지나가려고 했다. 그 순간 흘끗 곁눈질했더니 풀을 어루만지는 것처럼 헤집던 노부인이 누군가 잡아당기기라도 한 양 손을 갑자기 한곳으로 가져갔다. 드디어 네잎클로버를 찾아낸 모양이었다. 터번을 두른 노부인이 네잎클로버를 받아 들고는 생긋생긋 웃으며 자신의 윗

도리 단춧구멍에 꽂았다.

오랜만에 보는 흐뭇한 정경에 무척 감동했다. 심지어 내 어머니 또래로 어림짐작되는 독일인 노부인들이 옛날 옛적 소녀들이나 했던 네잎클로버 찾기를 하다니! 그 옆을 스쳐 지나간다는 것만으로 어쩐지 그녀들이 지금 만끽하는 행복 감을 나눠 받은 느낌마저 들었다.

오늘은 뭔가 좋은 일이 생기려나, 아니면 오늘 하려고 마음먹은 일에서 훌쩍 좋은 결과를 얻으려나. 이런 설렘을 마음속에 품고 마을회관 쪽을 향해 걸어갔다. 타다가 그대로 버려둔 건지 자전거 한 대가 울타리 안에 놓여 있었다. 마을 회관 안에서는 현을 조율하는지 희미한 바이올린 소리가 살며시 흘러나왔다. 잠시 울타리에 기대어 파이프를 입에 문 채 내 행복을 위해 미리 준비해준 듯 즐거이 들었다.

그 뒤 이삼일 동안 저녁에 산책하러 나왔다가 그 길을 지나갈 때면 어김없이 똑같은 자전거가 울타리 안에 세워져 있었다. 또 마을회관 안에서는 마찬가지로 나지막한 바이올린 소리가 새어 나왔다. 그럴 적마다 나는 울타리에 기대어 서서 바이올린 소리를 들으며 파이프를 빨았다.

호리 다쓰오는 가루이자와에서 때론 홀로,
때론 아내와 함께 산책하며 전원생활을 즐겼다.

풀 베는 냄새

스스키다 규킨薄田泣菫

1877년 오카야마현 출생. 1894년 도쿄로 올라와 한학을 공부한 뒤 귀향, 잡지에 소네트 형식 시를 투고했다. 1899년 첫 시집 『저물녘 피리』로 낭만파 시인으로 인정받은 뒤 옛말을 활용한 고전미 넘치는 시를 다수 발표했다. 1915년 마이니치신문에 생활 수필 「다화」를 장기 연재하며 인기 작가로 발돋움했다. 1917년 파킨슨병이 발병한 탓에 1919년부터 효고현 니시노미야시로 이사해 요양 생활을 시작했다. '잡초원'이라 이름 붙인 집에서 아내와 함께 지내며 수필 창작에 몰두했지만, 글쓰기조차 버거울 정도로 점점 악화했다. 1945년 10월 9일 예순여덟 살에 생을 마감했다.

「풀 베는 냄새」는 1926년 9월 출간된 『태양은 풀 향기가 난다』에 실린 글이다.

한차례 소나기가 쏟아질 법한 날씨였다. 모래 먼지가 이는 들길을 서둘러 걸어가는데, 농부 한 명이 바삐 풀을 베어 긁어모으고 있었다. 기다란 풀 냄새가 사방에 확 흩어졌다. 그 냄새를 맡자 발걸음이 저절로 느려졌다. 황소처럼 콧구멍을 크게 벌리고 가슴 가득히 공기를 들이마셨다.

이루 말할 수 없이 반가운 풀 냄새. 풀 더미 앞에 서자 순식간에 쑥, 새, 들국화, 개여뀌, 쇠뜨기, 닭의장풀, 수영…… 베여 쓰러진 풀이름이 염주알 꿰듯 떠오른다. 풀이 저마다 지닌 사상을, 발에 밟혀도 마구 뽑혀도 반드시 자라고야 말겠다는 그 생명의 마음을 냄새로 알아챈다. 뿐만 아니라 때때로 이들 잡초의 씹는 맛까지 음미한 듯한 기분이 든다. 나는 소의 타고난 우둔함, 정직성, 인내심 등과 함께 후각도 갖고 있나 보다. 만약 소가 가진 커다란 위장마저 있다면 그들과 마찬가지로 극단적인 채식주의자가 됐을지도 모른다. 정말로 그리 믿고 있다.

풀을 향한 이 친밀감은 어디에서 오는 걸까.

내게 풀이란 아무리 작고 덧없을지라도 땅속에 숨어 있는 생명의 눈이다. 촉각이다. 온각이다. '생명'이란 아무리 변덕스럽고 헛된 표현을 하더라도 아름다움이 있고 힘이 있고 광채가 있다. 수많은 물질 가운데 풀에 드러난 생명만큼 겸

손하고 소박하며 정직하고 참을성 강한 것은 없다. 풀이야말로 내게는 '언어'다. 잠시도 가만히 있지 않는 신기한 존재다. 발굽이 없는 탓에 한곳에 멈춰 선 작은 짐승이다. 성대가 없기에 평생 침묵을 지키는 작은 새다. 그런데 내 친밀감은 단지 이것 때문만은 아니다.

나는 어린 시절 풀 속에서 자랐다. 좀 더 적절히 말하면 풀과 함께 성장했다. 호젓한 시골 마을에서 태어나 친구라고 해봤자 얼마 없었고, 그나마 몇 안 되는 친구와 놀 때면 늘 풀숲을 골랐다. 친구가 없을 때는 혼자서 토끼처럼 풀 위를 이리저리 뒹굴며 지냈다.

풀에는 꽃이 피고 열매가 달린다. 때문에 그것들과 같이 재밌게 놀았다. 손가락에 딱 달라붙는 흰독말풀꽃이나 살며시 건드리면 여치처럼 치이치이 울어대며 꼬투리가 터지는 꽈리 열매. 어린아이에게는 실로 경이로워서 얼마나 많은 시간을 꽃이나 열매로 놀았는지 모른다.

또 풀 속에는 갖가지 벌레가 숨어 있다. 베짱이, 땅거미, 군인처럼 엉덩이에 검을 찬 여치, 긴 수염을 기른 갈색 귀뚜라미, 젠체하는 사마귀, 익살꾼 방귀벌레, 땅강아지, 지렁이…… 동화 속 나라 임금님과 시동들의 수선스러우면서도 느긋한 생활. 풀잎을 헤치고 줄기를 구부러뜨려서 그 속에 숨겨진 배우들이 펼치는 연극을 엿보는 일만큼 물리치기 어려운 유혹은 없었다. 벌레의 무언극, 벌레의 애정극, 벌레의 활극, 벌레의 무용극, 벌레의 복수극을 보는 재미가 쏠쏠했다. 몰래 훔쳐보는 나를 알아채기라도 하면 그들은 깜짝 놀라서 지문에 적힌 동작이나 표정 따윈 내팽개치고 허둥지둥 도망쳤다. 성질 급한 녀석은 손가락을 물고 늘어지거나 털이 많은 가느다란 정강이로 이마를 걷어찼다.

언제였더라, 교토 고쇼 정원을 우에다 빈* 선생과 함께 산책한 적이 있다. 정원 안 잔디밭에는 갓 돋아난 새싹이 햇빛을 받으며 아름답게 반짝였다. 프랑스를 좋아하는 우에다 선생은 그 모습을 보더니 곧바로 프랑스에서의 일이 생각났는지 한마디 했다.

"일본 풀은 인상도 감촉도 딱딱한 게 많은데, 프랑스 들판에서 자라는 풀은 모두 부드러워요. 게다가 벌레도 좀처럼 만날 수 없어서 기분이 참 좋아요."

그 말을 듣고 도시에서 자란 이 학자와 시골에서 태어난 나는 풀과 곤충에 대한 느낌이 꽤 다르다는 사실을 깨닫지 않을 수 없었다.

* 우에다 빈(上田敏 1874~1916) 평론가이자 시인으로 일본에 프랑스 상징파와 고답파의 시를 처음 번역해 소개했다.

벌레는 가끔 손가락을 깨물고 피부를 찌른다. 하지만 그들은 언제나 놀이 친구였다. 벌레뿐인가, 풀도 이따금 인간을 향해 허연 이빨을 드러낸다. 새는 면도칼 같은 잎으로 몇 번이나 내 손가락을 베었다. 엉겅퀴는 작은 가시로 자주 내 손바닥을 찔렀다. 하지만 언제 어느 때라도 그들을 향해 "이봐, 친구……" 하고 난데없이 소리 지르고 싶을 정도로 친밀감을 잃은 적이 없다. 모래 먼지로 더럽혀져 있든 소 오줌에 젖어 있든 그것은 아주 사소한 문제였다.

함께 노는 것과 함께 놀아주는 것. 성장하는 것과 성장시켜주는 것. 나와 풀의 관계는 떨어질 수 없는 사이였던 만큼 소나기가 내리기 직전 들길에서 뜻하지 않게 풀 냄새를 맡으니 한동안 그 자리를 떠날 수가 없었다.

화살 같은 은색 선을 그리며 굵은 빗방울이 후드득 떨어졌다. 농부가 허겁지겁 풀 더미를 짊어지고 뛰기 시작했다. 나도 그 뒤를 따랐다.

" 기다란 풀 냄새가

사방에 확 흩어졌다.

그 냄새를 맡자

발걸음이 저절로 느려졌다. "

스스키다 규킨

69

2장, 산책자의 마음.

연말의 하루

아쿠타가와 류노스케 芥川龍之介

아쿠타가와 류노스케가 나쓰메 소세키를 처음 만난 것은 1915년 스물세 살 때, 소세키 산방에서 매주 목요일마다 열리던 '목요회'에서였다. 문학청년들이 모여 자유롭게 문학을 토론하던 자리로 훗날 그때 느낀 감상을 「소세키 산방의 겨울」이란 작품에 담았다. 이듬해 나쓰메가 세상을 떠나면서 둘의 인연은 짧게 끝났지만, 그의 마음속에서 나쓰메는 든든한 버팀목으로 존재했다. 또한 스승처럼 매주 일요일 자신의 다바타 저택 서재에서 젊은 문인들과 함께 예술을 논하며 시간을 보냈다.

「연말의 하루」는 1926년 1월 잡지 『신조』에 실린 글이다.

…… 나는 여하튼 잡나무가 우거진 쓸쓸한 벼랑 위를 걸어갔다. 벼랑 바로 아래는 늪이었다. 늪기슭에는 물새 두 마리가 헤엄쳤다. 두 마리 다 얇게 이끼가 낀 돌과 비슷한 색이었다. 별로 그 물새가 신기하진 않았다. 다만 날개가 너무 선명히 보여서 어쩐지 섬뜩했다.

이런 꿈을 꾸다가 덜커덩거리는 소리에 눈을 떴다. 서재와 ㄱ자로 맞붙은 객실 유리문에서 나는 소리 같았다. 신년호에 실릴 글을 쓰던 중이라 서재에 이부자리를 깔고 누워 있었다. 잡지사 세 곳에 약속한 세 편 모두 불만족스러웠다. 어쨌든 동트기 직전 마지막 원고까지 끝마치긴 했다.

이부자리 아래쪽 장지문에는 대나무 그림자가 어른어른 비쳤다. 큰맘 먹고 자리에서 일어나 일단 변소로 소변을 보러 갔다. 요즘 들어 이토록 오줌 줄기에서 김이 팍팍 난 적이 없었다. 변기를 바라보며 오늘은 평소보다 춥겠군, 생각했다.

이모와 아내는 객실 툇마루에 서서 유리문을 부지런히 닦았다. 덜커덩덜커덩하는 소리는 이 소리였다. 소매 없는 겉옷에 어깨띠를 두른 이모는 양동이 위에서 걸레를 쥐어짜며 살짝 놀려대듯 "너, 벌써 12시야"라고 말했다. 정말로 12시였다. 복도를 지나 거실에 들어가니 어느새 낡은 목제 화로 앞에 점심상까지 차려져 있었다. 뿐만 아니라 어머니는 둘째 아들인 다카시에게 우유와 토스트를 먹이는 참이었다. 그 래도 습관적으로 아침인 양 인기척 없는 부엌으로 세수하러 갔다.

아침 겸 점심을 먹은 뒤 서재에 놓인 각로에 발을 집어넣 고 신문 두세 가지를 읽어 내려갔다. 신문 기사에는 여러 회 사의 보너스와 하고이타* 매상이 화제였다. 하지만 조금도 기분이 나아지지 않았다. 나는 일을 마칠 때마다 이상하게 늘 나약해지곤 한다. 잠자리한 뒤 밀려오는 피로처럼 어찌 할 수가 없다.

K 군이 찾아온 것은 2시 전이었다. 그를 거실로 들여 우 선 용건을 듣기로 했다. 줄무늬 양복을 입은 K 군은 중국 선양 특파원이었다가 지금은 본사에서 근무하는 신문기자 였다.

"어떻습니까? 한가하시면 같이 나가실래요?"

용건을 마무리 짓고 나자 집에 가만히 틀어박혀 있는 게 못 견디게 싫었다.

"네, 4시까지라면…… 어디 가실 곳이라도 있는지요?"

---

* 일본 전통 놀이 기구로 제기 비슷한 장난감을 치는 나무채.

K 군은 조심스레 되물었다.

"아니요, 어디든 좋습니다."

"묘지는 오늘 안 되겠죠?"

그가 말한 묘지는 나쓰메 선생의 묘였다. 벌써 반년쯤 전에 선생의 애독자인 K 군에게 묘지를 알려주겠다는 약속을 했더랬다. 연말에 성묘를 하다니. 지금 내 기분과 꼭 맞아떨어졌다.

"그럼 묘지로 갑시다."

나는 재빨리 외투를 걸치고 그와 함께 집을 나섰다.

날씨는 춥긴 해도 하늘은 맑았다. 좁디좁은 도자카 언덕 길에는 평소보다 오가는 사람이 많았다. 정월에 대문 앞에 세울 소나무며 대나무 장식이 '다바타청년단 대기소'라 적힌 작은 판잣집 옆에 쌓여 있었다. 연말 동네 풍경을 보니 소년 시절 섣달에 느꼈던 기분이 조금 되살아나는 듯했다.

잠시 기다렸다가 고코쿠지마에행 전차에 올랐다. 전차는 생각보다 붐비지 않았다. 외투 깃을 세운 K 군은 요사이 나쓰메 선생이 두껍고 조붓한 종이에 쓴 붓글씨 한 장을 가까스로 손에 넣었다는 이야기를 들려줬다.

전차가 후지마에를 지나쳤을 무렵, 차내 중간쯤에 걸렸던 전구 하나가 돌연 빠져 떨어져서 산산조각이 났다. 근처에 얼굴도 옷차림도 좋지 않은 스물네댓 살로 보이는 여자가 한 손에 커다란 보따리를 들고 다른 한 손으로 손잡이를 붙잡고 있었다. 전구가 바닥으로 떨어지면서 앞머리에 스쳤는지 그녀는 묘한 표정을 짓더니 전차 안 승객들을 둘러봤다. 사람들의 동정을, 적어도 사람들의 관심만은 받으려는 얼굴임이 분명했건만 다들 약속이나 한 듯이 냉담했다. K 군과 이야기를 나누며 바라본 왠지 맥 빠진 그녀의 얼굴이 우스꽝스럽기보다는 되레 허무하게 느껴졌다.

우리는 종점에서 내려 새해맞이 금줄 장식품을 파는 가게가 들어선 마을을 지나 조시가야 묘지로 걸어갔다. 은행나무 이파리가 다 떨어진 공동묘지는 오늘도 변함없이 고요했다. 폭 넓은 중앙 자갈길조차 성묘객이 다니지 않았다.

나는 앞에 서서 오른쪽 샛길로 꺾어 들었다. 홍가시나무를 둘러 심은 산울타리와 붉게 녹슨 철책이 쳐진 가운데 안에 크고 작은 묘가 줄지어 늘어섰다. 그런데 아무리 앞으로 걸어가도 나쓰메 선생의 묘는 보이지 않았다.

"하나 더 앞에 있는 길이 아닐까요?"

"그럴지도 모르겠네요."

왔던 샛길을 되돌아가며 매년 선생의 기일인 12월 9일에는 신년호 원고 마감에 쫓기느라 거의 성묘하러 오지 못했음을 떠올렸다. 이 계절에 몇 번 오지 않았다고 해서 위치를 잊어버리다니, 스스로도 믿기지 않았다.

그다음 약간 넓은 샛길에도 묘가 없기는 마찬가지였다. 이번에는 되돌아가는 대신 산울타리 사이에서 왼쪽으로 돌았다. 그래도 안 보였다. 뿐만 아니라 내가 기억하는 몇몇 빈터조차 눈에 띄지 않았다.

"물어볼 사람도 없고…… 난감하네요."

K 군의 말에서 냉소에 가까운 감정을 분명히 느꼈지만, 알려주겠다고 말한 주제에 화낼 수도 없는 노릇이었다.

하는 수 없이 커다란 은행나무를 표지 삼아 다시 한번 옆길로 들어섰다. 선생의 묘는 없었다. 조바심이 절로 났다. 다만 그 밑바닥에 서린 것은 묘하게도 쓸쓸함이었다. 어느새 외투 안쪽 자신의 체온을 느끼며 예전에 비슷한 기분이 들었던 일을 떠올렸다. 소년 시절, 동네 골목대장에게 괴롭힘을 당하고 나서 울음을 삼키며 집으로 돌아갔을 때였다.

몇 번이나 같은 샛길을 들락날락하던 끝에 헌 붓순나무 가지를 태우던 묘지 청소부에게 길을 물어 선생의 커다란 묘 앞으로 겨우 그를 데려갔다.

묘는 요전에 봤을 적보다 더한층 빛바랜 느낌이었다. 게다가 주변 흙까지 줄곧 서리를 맞은 탓에 거칠었다. 누군가 기일에 바친 듯한 겨울국화와 남천나무 꽃다발 외에는 어쩐지 친밀감을 가질 수 없었다. K 군은 굳이 외투를 벗고 정중히 절을 올렸다. 나는 아무래도 이제 와 새삼스레 태연하게 그와 함께 절할 용기가 나지 않았다.

"이제 몇 년이 되는 거죠?"

"정확히 9년이네요."

우리는 그런 이야기를 주고받으며 종점인 고코쿠지마에로 되돌아갔다. K 군과 함께 전차를 타고 오다 나만 후지마에에서 내렸다. 그러고는 도요문고에 다니는 친구를 찾아가 만난 뒤 저녁때 도자카로 돌아왔다.

도자카 언덕길은 퇴근 시간인 만큼 아까보다 훨씬 더 북적거렸다. 고신도 골목을 지나자 인적이 점점 뜸해졌다. 그저 소심하게 발끝만 내려다보며 바람 부는 길을 걸었다.

도카쿠지 묘지 뒤편 하치만 언덕 아래 짐수레를 끌던 남자 한 명이 손잡이에 손을 걸친 채 잠시 쉬고 있었다. 얼핏 봐선 고깃간 수레 같았다. 가까이 다가가니 옆으로 넓은 후면에 적힌 '도쿄태반회사'라는 글자가 보였다. 남자에게 말을 걸며 수레를 뒤에서 쭉쭉 밀어줬다. 밀면서도 약간 불결하단 생각은 들었다. 하지만 뭔가 힘쓴다는 사실만으로도 살 것 같았다.

북새풍이 이따금 기다란 언덕 꼭대기에서 곧바로 내리 불었다. 그때마다 묘지에 자란 나무들도 잎 떨어진 가지를 흔들며 쏴쏴 하고 울었다. 순간 어두침침한 언덕길에서 묘한 흥분을 느꼈다. 나는 마치 자신과 싸우기라도 하듯 열심히 수레를 밀며 나아갔다.

연말

구보타 만타로 久保田万太郎

1889년 도쿄도 출생. 1911년 게이오대 문학과에 입학, 『미타문학』에 소설 「나팔꽃」과 희곡 「유희」를 발표하며 등단했다. 1912년 「저물녘」이 무대에 올려지면서 극작가로 활약하는 한편 독특한 계절감을 살린 하이쿠를 선보여 호평받았다. 1923년 아쿠타가와가 살던 다바타로 이사한 뒤 이즈미 교카 전집을 함께 편집하며 우정을 쌓았다. 1927년 아쿠타가와가 서문을 써준 첫 가집 『길가 잔디』를 펴냈지만, 그해 아쿠타가와가 자살해 실의에 빠지기도 했다. 이후 극단을 세우고 서민의 애환과 인정을 그린 신파극을 다수 발표하며 연극계에 큰 영향을 끼쳤다. 1963년 5월 6일 일흔네 살에 세상을 떠났다. 「연말」은 1943년 7월 출간된 『아사쿠사기』에 실린 글이다.

아쿠타가와 류노스케 군이 쓴 「연말의 하루」라는 수필이 있다. 연말에 어느 신문사 기자를 나쓰메 선생의 묘로 데려다주다가 어디서 길을 헷갈렸는지 가도 가도 묘가 나오지 않았다. 묘지 청소하는 사람에게 물어 결국 알았지만 그때는 이미 찾다 찾다 진이 다 빠진 상태였다. 그 뒤 신문사기자와 헤어지고 홀로 터벅터벅 다바타 집으로 돌아오는데, 도카쿠지 묘지 뒤편 하치만 언덕에 이르러 마침 언덕길을 오르려 애쓰는 태반회사 수레와 마주친다. 아쿠타가와는 자신의 축 처진 기운을 돋우려고 억지로 힘을 내어 그 수레를 뒤에서 쭉쭉 밀어준다.

이것이 그 줄거리다.

북새풍이 이따금 기다란 언덕 꼭대기에서 곧바로 내리불었다. 그때마다 묘지에 자란 나무들도 잎 떨어진 가지를 흔들며 쏴쏴 하고 울었다. 순간 어두침침한 언덕길에서 묘한 흥분을 느꼈다. 나는 마치 자신과 싸우기라도 하듯 열심히 수레를 밀며 나아갔다.

이런 애처로운 결말로 마무리된다.
열 장도 채 되지 않는 소품이지만 내가 좋아하는 글이다.

좋아한다는 말은 언제까지나 마음에 남는 그리운 작품이라는 뜻이다. 1925년 12월에 썼으니까, 그는 이 수필을 쓰고 나서 머지않아 「점귀부」, 「겐카쿠 산방」에 이어 「갓파」를 완성했다. 그리고 얼마 있다 아쿠타가와는 죽었다. 어쩌면 그때…… 이미 그때 그는 죽음을 의식하고 있었는지도 모른다. 그렇지 않고서야……. "싸우기라도 하듯 열심히 수레를 밀며" 나아가는 아쿠타가와의 모습은 너무나 비참하다. 흐린 하늘 아래 휘몰아치는 바람 속에서 어떻게 해야 자신을 꽉 붙잡을 수 있을까, 어떻게 해야 자신의 존재를 증명할 수 있을까. 울고 싶어도 이제는 눈물이 말라버린 해협 같은 공허한 눈을 들고 그저 멀리 전방을 바라보는 그의 납처럼 차가운 뺨이여.

아쿠타가와는 자신의 이런 괴로움을 끝까지 확인하려고 했다. 끝까지 바르게 전하려고 했다. 당시 『신조』 편집을 담당하던 사사키 지유키 씨는 이렇게 말했다. "하치만 언덕을 힘겹게 오르던 수레, 그가 있는 힘껏 뒤를 밀어주던 수레의 옆으로 넓은 후면에 '도쿄태반회사'라는 몇 글자를 써넣기까지 아쿠타가와는 몇 번이나 그 한 줄을 고쳐 썼는지 모른다. 태반회사의 수레라는 말을 적고서야 그는 비로소 자기 자신을 이해한 게 아닐까."

나는 이 이야기를 들었을 때 온몸이 시렸다.

"어떻습니까? 한가하시면 같이 나가실래요?"

「연말의 하루」에서 아쿠타가와는 신문사 기자에게 이렇게 말한다. 생각난다. 나도 자주 그에게서 비슷한 말을 들었다. 그리고 종종 함께 정처 없이 산책을 나섰다.

"어떻습니까? 밥이라도 먹으러 나갈까요?"

어느 날이었다. 불쑥 그가 물었다. 여느 때처럼 나는 그의 서재에 앉아 있었다. 언제나처럼 한두 시간 두서없이 수다를 떨었다. 그러다 갑자기 뭔가 생각났다는 듯 말을 꺼냈다.

"그게……."

나는 망설였다.

"갑시다, 가요. …… 괜찮아요, 그대로도."

그때 나는 평상복 차림이었다. 평상복 위에 외투만 걸치고 집을 나온 참이었다.

"음, 그렇다면……."

나도 그냥 헤어지기 싫었다. 결국 찬성하고 같이 밖으로 나왔다.

도자카로 가서 전차를 탔다. 우에노에서 내려 시노바즈 연못가 근처 어느 요릿집으로 들어갔다. '어느'라고 말한 것은 일부러가 아니다. 이름을 잊어버렸다. 정오를 조금 지난 그 가게의 고요함이란! 이를테면 겨울비에서 풍기는 어두운 적막에 감싸인 휑뎅그렁한, 아무리 봐도 두 사람만 있기에는 너무 넓은 희읍스름한 객실 한가운데에 우리는 마주 앉았다. 이윽고 요리상이 차려졌다. 내게는 술잔을 권하며 그는 탄산수에 소금을 넣어 마셨다. 그리고 두서없는 수다를 이어갔다.

왜 하필 이런 이야기를 꺼내는지 독자는 의아해할지도 모른다. 게다가 이날 일은 언젠가 늘 동정을 덧댄 속옷을 입던 예스러운 그를 묘사하며 말한 적이 있다. 그런데도 새삼스레 되풀이하는 이유는 그때 역시 연말이었기 때문이다. 또 새해맞이 일을 다 끝낸 후였기 때문이다.

객실 한쪽에 열린 창, 새로 바른 장지 너머로 멀리 내려다보이는 거리거리, 집마다 이미 빽빽이 세워진 조릿대…… 언제까지고 그리운 추억, 봄을 기다리던 어린 시절 추억이 마음속에 즐겁게 되살아나는 정경이었다.

1924년 12월이었다. 다시 말해 아쿠타가와가 「연말의 하루」를 쓰기 한 해 전이다. 나는 생각에 잠긴다.

우리는 요릿집을 나와 언덕을 깎아 만든 비탈길을 어슬렁어슬렁 거닐었다. 헌책방을 둘러보기도 하고 아오키도에 들르기도 했다. 아오키도에 간 것은 내가 그 집 홍차가 도쿄에서 제일 맛있다고 말했더니 그가 아닙니다, 홍차가 아니라 커피예요, 그 집은 커피가 도쿄에서 제일이라고 주장해서다. 그러면 한번 시험해보자며 아오키도의 어둡고 가파른 계단을 올랐다.

아쿠타가와의 의견을 존중해 나는 커피를 마셨다. 하지만 결코 그가 말한 정도는 아니었다. 항상 마시는 홍차가 월등히 나았다. 솔직하게 그렇게 말했다.

"그러게, 오늘은 맛이 별로네."

그는 순순히 인정하며 커피 맛이야 어떻든 상관없다는 듯 접시 위 과자를 거침없이 정복해갔다. 뜻밖에 엄청난 먹성에 깜짝 놀랐다. 요릿집에서 나온 지 아직 한 시간도 지나지 않았다.

아오키도를 나와 갈림길을 향해 걸어갔다. 도중에 고등학교 앞에 있는 지인이 하는 문방구점에 들어갔다. 내가 물건을 고르는 사이 그는 오아나 류이치* 군의 어린 여동생에게 줄 선물을 샀다. 밖으로 나온 우리는 좌우로 갈라졌다. 내 기억이 맞는다면 일찍 저무는 섣달 해는 그때 이미 저 멀리

---

* 오아나 류이치(小穴隆一 1894~1966) 화가이자 수필가로 아쿠타가와의 책을 대부분 장정한 것은 물론 그를 아버지로 여기며 따르라고 자식들에게 유언할 만큼 친분이 두터웠다.

서 석양빛을 드러내고 있었다.

　그 왕성한 식욕, 밝은 마음, 거리낌 없는 태도…… 언제, 어떻게, 무엇에 걸려 넘어졌기에 아쿠타가와는 그 모든 것을 잃어버렸을까. 고작 1년, 불과 1년 사이에.

　나는 오늘 아침부터 이 글을 쓰려고 집에 있다. 요즘 내게는 드문 일이다. 왜냐하면 요사이 하루 중 대부분의 시간을 밖에서 바쁘게 보내기 때문이다. 비록 한때일지언정 이런 생활이 나를 기다리리라고는, 그도 아마 예상하지 못했을 게다. 나도 생각지 못했다. 인간이란 언제 어떻게 될지 알 수 없다. 만약 아쿠타가와가 지금까지 살아 있다면?

　밖에는 비가 온다. 낙엽을 적시며 그칠 기색 없이 줄기차게 내린다. …… 새로 바른 장지, 새로 깐 마루. 올해도 이제 일주일이 채 남지 않았다.

" 그 왕성한 식욕, 밝은 마음,

거리낌 없는 태도……

언제, 어떻게, 무엇에 걸려 넘어졌기에

아쿠타가와는 그 모든 것을 잃어버렸을까.

고작 1년, 불과 1년 사이에. "

구보타 만타로

꽃집 창문

가타야마 히로코 片山廣子

가타야마 히로코와 아쿠타가와 류노스케의 인연은 단가 잡지 『마음의 꽃』으로 시작됐다. 당시 가타야마는 이 잡지의 창간 동인으로 작품을 다수 실었는데, 이를 본 아쿠타가와가 『신사조』에 작품 비평을 실은 것. 당시 가타야마는 서른여덟, 아쿠타가와는 스물네 살이었다. 이후 두 사람은 열네 살이라는 나이 차를 뛰어넘어 편지와 단가를 주고받으며 우정을 쌓았다. 아쿠타가와는 1927년 「어느 바보의 일생」에서 그녀를 두고 "재능을 겨룰 수 있는 여성을 만났다"라고 표현했다.

「꽃집 창문」은 1950년 9월 잡지 『여인단가』에 실린 글이다.

해 저물어 가는 야마테 언덕에 불빛 비치니
꽃집 창가에 노란 국화 하얀 국화

이 노래는 1936년께 요코하마의 야마테 언덕을 산책하다
가 지었다. 그때 꽃집에 있던 꽃 색깔이나 길가에 비치던 하
얀 전깃불을 제대로 표현할 수 없었다. 몇 번이나 고쳐 써봤
는데도 소용없어서 그대로 내팽개치고 말았다. 하지만 노래
는 어떻든 간에 가을날 황혼이 드리우는 언덕 풍경만은 지
금도 가끔 생각난다.

아직 조용한 세상이던 시절, 오모리 산노에 살던 딸네 부
부가 요코하마로 밤놀이하러 가자고 했다. 밤놀이라고 해봤
자 평일 오후 4시쯤 집에서 나가 간단히 저녁 식사를 할 작
정이었다. 그 전에 남편이 좋아하는 장소였던 프랑스영사관
앞 공터에 들러 산책을 하기로 했다. 택시는 1엔 50전 정도
의 요금으로 우리를 오모리 핫케이자카에서 프랑스영사관
이 있는 야마테 언덕 위까지 데려다주었다.

저물녘 햇볕이 따스한 풀밭을 돌아다니다가 언덕배기로
올라가니 바다는 이미 해가 가라앉아 어슴푸레한 가운데
갈매기 몇 마리만이 넘놀았다. 잠시 풀밭에 앉아 쉬다가 프
랑스영사관 옆을 지나 가파른 언덕길을 내려갔다. 한쪽에는

낭떠러지, 또 다른 한쪽에는 자그마한 집이 한두 채 있었다. 창문에서 새어 나오는 불빛도 없고 가을 해도 완전히 저물어 사방이 어두컴컴했다.

내려오는 도중 길에 희뿌연 불빛을 비추는 집이 보였다. 꽃집으로 가게 안에는 서양 꽃이 한가득 놓였고, 커다란 유리창에는 꽃송이가 큰 흰색 노란색 국화가 화려하게 피어 있었다. 화분에 심은 것이 노란 국화였는지 꽃꽂이용으로 자른 것이 흰 국화였는지, 아니면 그 반대였는지 잘 기억나진 않는다. 그저 눈부실 정도로 밝은 세계를 어두운 길에 보여주던 그 꽃집 창문만이 선명히 떠오를 뿐이다. 야마테 외국인 주택에 꽃을 배달하는 꽃집인 모양으로 근처에 다른 가게는 하나도 없었다.

가게 안이든 길이든 사람 한 명 지나다니지 않는 고요한 밤길, 우리는 거기에서 왼쪽으로 돌아 차이나타운 쪽으로 걸어가 헤이친로에서 저녁밥을 먹었다.

그 후로도 몇 번인가 요코하마에 쇼핑하러 가거나 놀러 갔지만, 그 꽃집이 있던 길에는 가보지 않았다. 다만 요코하마에 갔던 날이면 집에 돌아와서 그 꽃집에는 오늘도 꽃이 활짝 피었으려나, 생각하곤 했다. 또 요코하마가 쑥쑥 발전하고 있다는 소식을 들을 적마다 새삼 옛날처럼 꽃집 창가에서 환한 불빛 아래 모습을 드러냈던 국화꽃을 떠올렸다.

요 며칠 전에 『매화·말·꾀꼬리』라는 아쿠타가와 류노스케의 수필집을 읽었다. 괴테좌로 「살로메」를 보러 가는 대목이 있는데, 해 질 녘 어딘가의 언덕길 중간에서 아쿠타가와 씨가 어둠 속 환하게 빛나는 꽃집 유리창을 바라보는 장면이 나왔다.

우리 제일고등학교 학생 네 명은 저녁때 기차를 타고 7시 몇 분쯤에 요코하마에 도착했다. 그러고는 무슨 마을을 어떻게 걸었는지는 확실히 기억나지 않는다. 단지 어딘가의 언덕에 다다르자 집 한 채 보이지 않는 어둠 속에 불빛이 밝게 비치는 유리창이 하나 보였고, 그 안에 국화꽃이 잔뜩 피어 있었다는 사실은 기억한다. 어쩌면 서양인을 상대로 하는 꽃집이거나 다른 가게였는지 모른다. 잠깐 가게 안을 들여다봤는데 아무도 없었다. 게다가 국화꽃 더미 위에는 담배 연기 한 줄기가 동그라미를 그리며 공중을 떠돌았다. 나는 이 창문 앞을 지날 때 묘한 기쁨을 느꼈다.

이 구절 속 꽃집은 내가 야마테 언덕에서 본 꽃집임이 분

명했다. 묘한 기쁨을 느꼈다는 아쿠타가와 씨의 말이 묘하
게 기뻤다. 국화꽃 더미 위에 떠도는 동그란 담배 연기를 본
듯한 착각마저 들었다. '꿈의 고향'이란 단어로 표현하면 뭔
가 어렵지만, 조용하고 평안한 세계를 아쿠타가와 씨와 나
는 서로 다른 시간에 얼핏 엿보았던 게 아닐까.

1930년대 요코하마 야마테 언덕 정경.
당시 야마테는 외국인 거류지였다.

거리 산책자

기노시타 모쿠타로 木下杢太郎

1885년 시즈오카현 출생. 1906년 도쿄대 의학과에 입학, 1907년 잡지 『명성』에 단편 「증기 냄새」를 발표하며 문단에 데뷔했다. 1909년 기타하라 하쿠슈 등과 함께 탐미파 동인 '빵의 모임'을 조직해 활약했다. 1911년 대학을 졸업하고 피부과 교수로 재직하며 한센병을 연구하는 한편 소설집 『당초무늬 표지』를 출간했다. 1916년부터 4년간 남만주의학당에서 진료를 보며 시집 『식후의 노래』를 선보였고, 1921년 프랑스로 유학을 떠나 리옹대학에서 박사학위를 받았다. 1924년 귀국한 뒤 의학 연구와 창작 활동을 병행하며 명성을 쌓았다. 1945년 10월 15일 예순 살에 생을 마감했다.

「거리 산책자」는 1921년 3월 출간된 『지하 1척집』에 실린 글이다.

토요일 오후께 내일은 일요일이란 생각에 도쿄 거리를 마음 편히 두리번두리번 어슬렁어슬렁 걷는 것만큼 즐거운 일은 없다.

예를 들면 간다 고켄초 주변. 넓은 길 양쪽에 늘어선 버드나무 가로수, 햇빛에 반짝이는 철로 위를 요란스레 달리는 전차 폭풍을 바라보며 걸어가다 잠깐 길가 가게 안을 들여다본다. 붉게 더러워진 따스한 유리문 너머로 오시치와 기치사*가 그려진 오래된 풍속화, 그 옆에는 가슴을 드러낸 채 머리카락을 빗는 여인. 모두 기타가와 우타마로**라는 이름이 적혀 있다. 또 온통 푸른빛이 도는 직사각형 풍경화, 우타가와 히로시게***라는 낙관과 함께 역참 마을 나루미 경치가 펼쳐진다. 흰 바탕에 자주색 또는 엷은 남색 줄무늬를 홀치기염색 한 지역 특산품 나루미 옷감이 포목 가게 처마에 쭉 걸린 가운데 그 앞 거리를 짐 실은 말과 여행자 무리가 지나간다.

---

* 에도시대 채소 가게의 딸로 연인을 보기 위해 불을 질러 화형에 처해졌고, 이후 비극적 사랑 이야기의 주인공으로 유명하다.
** 기타가와 우타마로(喜多川歌麿 1753~1806) 에도시대 풍속화가로 섬세한 표정과 손짓으로 여성의 심리를 잘 표현한 미인화를 주로 그렸다.
*** 우타가와 히로시게(歌川広重 1797~1858) 에도시대 풍속화가로 '도카이도 53개 역참 마을', '에도의 100가지 절경' 등 다양한 풍경화 연작을 남겼다.

오래된 풍속화를 에워싼 정취는 음악처럼 산책하는 사람을 와락 덮친다. 뭐라 설명할 수 없는 애수가 마음속에서 샘솟는다. 그 저버리기 어려운 끌림을 버려두고 더 걷다 보면 뜻하지 않게 한 줄로 달려오는 붉은 우편 마차를 만난다. 방금 전 얻은 평온한 기분은 순식간에 파괴되고 불안한 눈동자를 번득이며 시내 여기저기를 둘러본다. 서쪽으로 기운 저녁 햇빛이 비치자 꿈같이 떠오르는 니콜라이성당의 은회색 벽이 눈에 들어온다. 간다의 고풍스러운 대형 시계가 땡, 땡…… 4시를 알린다.

이런 평온한 정경이 다른 사람에게도 흥미로운지 어떤지 모르겠지만, 도쿄의 풍물만큼 내 마음을 끄는 것은 없다. 시각과 청각 또는 기압에 따라 달라지는 촉각. 때때로 니혼바시, 특히 혼마치나 오덴마초에서 맡는 아세트산, 염소가스, 요오드포름, 한약을 달이는 괴이한 냄새와 9월 무렵 도오리잇초메와 니초메, 하세가와초 근처에서 나는 도매상에 갓 걸린 겨울옷 안감 내음 등에 반응하는 후각. 곳곳에서 다양한 감각을 경험한다. 이리하여 거리 산책자는 두 시간이고 세 시간이고 한가로이 걷는 동안 관능이 자아내는 음악을 맛본다.

나는 지금 망설이고 있다. 히비야공원의 9월 아침 인상을 이야기할까, 아니면 8월 밤을 묘사해볼까. 혹은 더욱 흥취 가득한 가을밤 긴자 뒷골목 생활을 그려볼까. 아니면 차분한 샤미센 소리*처럼 담담하고 쓸쓸한 봄비 내리는 후카가와 강가 정취를 말해볼까.

예전에 나가이 가후가 쓴 단편 「후카가와의 노래」를 읽고 그 동네의 애틋하기 그지없는 생활이 나가이 씨의 뛰어난 문장으로 표현되어 읽힌다는 사실이 얼마나 기쁘던지, 또 얼마나 샘이 나던지. 동맹파업 봉기처럼 거칠고 무시무시한 신문명 침략군 맨 앞에 선 병사, 이를테면 전차조차도 후카가와 다카바시 마을 안쪽까지는 들이닥치지 않았다.

그래서 후도도 절에는 여전히 기이한 촛불이 켜져 있다. 이곳 여인들은 겨울에도 덧버선을 신지 않고 아직 기모노에 널따란 검은 공단 깃이나 짙은 보랏빛 덧깃을 단다. 머리카락을 동그랗게 틀어 올려 붉은 끈으로 묶는다. 옛날 연극에 자주 등장하던 전당포도, 목재상도, 석재상도, 간장 가게의 낮고 기다란 창고 벽도 예전과 다름없이 침묵한다. 그리고 생각한다. 슬퍼한다. 잿날이면 으레 활동요지경이 서글픈 민요를 노래하고 익살스러운 속요가 사람을 웃긴다.

* 일본 전통 현악기로 민요는 물론 유행가, 동요에 이르기까지 널리 사용된다.

어느 날 오후, 나는 깊은 우수에 젖어 홀로 쓸쓸히 후카가와 냇가에 섰다. 후도도 절 뒤편과 맞닿은 곳이었다.

봄날 오후 3시는 물 위에 떠다니는 기름처럼 잔잔했다. 가랑비가 잠시 그치고 하늘 한쪽에 뜬 구름이 누렇게 바뀌었다. 건너편 기슭 집 처마는 온통 목재, 그중 노송나무가 달콤한 향기를 답답한 봄 공기 속으로 흘려보냈다. 가만히 수면을 바라보며 건너편 새집 2층에서 흘러나오는 샤미센 소리에 귀를 기울였다. 단조로운 현의 리듬이 흐르다가 멈춘다. 어린아이가 배우는 걸까, 가끔씩 같은 구절을 되풀이한다. 살짝 더웠다. 목덜미를 부드럽게 누르는 무거운 봄날 오후 공기 속에서 꿈을 꾸듯 가벼운 피로를 느끼며, 나는 한 소절 한 소절 들릴 때마다 어린 시절 기억과 아직 간직한 옛 공상을 하나하나 이어 붙였다.

갑자기 등 뒤에서 여자가 나타났다. 가까이 나루터가 있었다. 검은 깃에 붉은빛이 감도는 무명 기모노를 입은 젊은 여인은 나루터 선창 끝에 섰다. 이어 살포시 두 손을 들고 사람을 부르는 양 손짓하며 샤미센 소리가 나는 쪽을 향해 외쳤다.

"이봐요, 이봐요!"

여인은 사람도 없는데 사람을 불렀다.

"이봐요, 이봐요, 저기 말이죠, 시키시마 하나요."

사람이 없다고 생각한 것은 내 착각이었다. 건너편 새집 1층(뱃삯을 받는 가게였다)에서 사람은 안 보이는데 난데없이 말소리가 들려왔다.

"두 개요?"

"하나!"

"거스름돈은요?"

"2전!"

여인이 큰 소리로 대답했다. 시키시마 담배가 8전이던 때였다. 얼마 있다 나이 든 남자가 손님을 한 명 태우고 나룻배를 저어 이쪽으로 건너왔다. 거스름돈과 담배를 여인에게 건넨 다음 나루터에 모여 있던 손님 두세 명을 배에 태우고는 떠나갔다. 그때 나도 옛날이야기에 나오는 배를 타고 나른한 샤미센 음률을 들으며 노인으로 하여금 작대기를 드리워 연홍빛 서린 봄 공기를 저쪽 기슭에 선 당신에게 건넸다.

이런 엉성한 이야기를 하면 어김없이 사람들은 웃겠지. 하지만 예민한 관능을 지니고 근대 예술에 익숙한 사람이라면 제 상상력으로 내 부족한 묘사를 보충하리라. 하여 안심하고 다시 이야기를 이어가겠다.

아, 나는 어떻게든 9월 하순께 흐린 날 아침 히비야공원에서 맑은 마른풀 냄새를 형용하고 싶다. 울타리로 둘러싸인 널찍한 사각형 정원 안에는 가을날 누런 잡초가 저마다 공상에 잠겨 향기를 내뿜었다. 구로다 세이키* 선생의 스케치에서 자주 보는, 햇빛을 받아 코발트색으로 반짝이는 한 무리의 여인들이 그림 속에서처럼 풀을 벴다. 베인 풀은 산처럼 쌓였다. 해는 법무성 지붕 위에 떠 있었다. 울타리에 서니 마른풀 더미에 가려 햇빛이 들지 않는 응달이 보였다. 마른풀 더미 가장자리는 황금빛으로 빛났고, 그늘진 부분은 말로는 도저히 표현할 수 없는 색으로 물들었다. 적어도 그 색조, 그 마른풀 더미만이라도 일본 유화에서 실컷 볼 수 있기를 바라지 않을 수 없었다.

법무성과 법원에 음영이 드리워져 보랏빛으로 막막히 흐려진 풍경도 아름다웠다. 그 아래 한 줄로 늘어선 미루나무 가지가 반딧불처럼 초록 황금빛으로 반짝거리는 모습이 눈길을 끌었다. 또 울타리를 따라 옆으로 뻗은 나무는 옻나무를 닮았는데 좀 더 작은 잎이 마디마다 두 개씩 마주 붙어 있었다. 노랗게 마른 잎이 군데군데 섞여 달린 나뭇가지가 회화적이라 참 보기 좋았다. 마침 건물에서 나온 정원사

---

* 구로다 세이키(黒田清輝 1866~1924) 서양 미술 이론을 처음으로 일본에 소개한 화가이자 미술평론가로 자연광선 아래 자연을 묘사한 그림을 주로 그렸다.

에게 나무 이름을 물었더니 "신사나무라고 불린답니다"라고 대답했다.

풀밭에서 어린아이가 뛰놀았고, 하얀 덮개를 덮은 유모차 안에 갓난아기가 잠들어 있었다. 저 멀리 작은 구릉 아래 잘 차려입은 한 무리의 사람이 걸어왔다. 모두 가을 아침 공원을 말하기에 적당한 재료였다. 나는 화가가 되지 못했음을 후회했다.

그저 되도록 오랫동안 그 이미지를 머릿속에 새겨두려고 친구를 불러 근처 요릿집 2층으로 올라갔다. 우리는 진초록 빛 페퍼민트차와 진한 커피를 주문해 함께 마셨다. 난간에 내리쏟아지는 햇빛이 이윽고 정오에 가까워졌음을 알렸다.

"그럼 여러분에게 인사드리겠습니다. 이쪽이 제 장남입니다⋯⋯." 계단을 내려가려는 순간 갈대발을 사이에 둔 옆자리에서 이런 말소리가 들려왔다. 슬쩍 엿보니 예복을 갖춰 입은 사람들이 탁자에 둘러앉아 있었다. 머리를 한껏 틀어 올린 여인의 뒷모습도 보였다. 나이 든 한 남자가 막 일어나서 젊은 남자를 소개하려는 참이었다. 우리는 다시 밖으로 나왔다.

8월의 어느 밤에는 히비야공원을 산책했다. 어떤 사람이 발끝이 아프기라도 한지 근심 어린 눈으로 지그시 땅바닥을 내려다봤다. 해저처럼 초록빛 아크등이 물결쳤고 하얀색과 분홍색 연꽃이 신경질적으로 떨었다. 별 없는 8월의 밤은 어두컴컴했다. 어딘가 그리운 여름 밤빛을 띠었다. 분수가 연주하는 밤의 음악. 어둡고 우울한, 그립고 슬픈 물의 가락은 서양음악이 익숙한 젊은 동양인에게는 차이콥스키의 야상곡인 양 낭만적인 선율로 들렸다. 높이 솟구치는 물줄기는 꿈처럼 보였고, 날아오르는 물방울은 서정시의 부서진 영혼처럼 보랏빛 가로등 불빛을 머금고 애처롭게 연못 수면으로 살랑살랑 떨어졌다. 연못가 푸르른 포플러 가로수가 밤 공기에 부드럽게 흔들렸다.

스키야바시 다리를 건너 긴자 거리로 나오니, 이미 여름밤의 환락이 들끓고 아우성쳤다. 나는 혼잡한 긴자 거리를 찾을 적마다 어느 가을밤 골목길에서 우연히 본 정경 하나가 떠오른다.

그날도 진부한 망상에 잠겨 거리를 한가로이 거닐었다. 망상이란 어떻게 하면 지금 일본에서 한평생 진심으로 만족할 만한 취미를 조화롭게 누릴 수 있을까였다. 이제 셋슈나 바쇼, 한림도나 고목도, 한산이나 습득*으로는 만족하지 못했다. 서양 예술은 아무래도 남의 것 같았다. 나카무라 후세쓰나 하시모토 호스케 등의 신예술, 쓰나시마 료센이나 에비나 단조 등의 신사상도 뭔가 부족했다.

그러고 보면 지금은 완벽한 조화를 바라는 일은 도저히 불가능한 세상이다. 페이디아스, 팔라디오,** 괴테 등의 시대가 아니다. 산조르지오 마조레성당이나 『파우스트』 등이 탄생하는 세상이 아니다. 결국 자연주의 시대다. 인상주의 시대다. 하여 검은 양복 입은 남자와 벌거벗은 여자를 배치한 「풀밭 위의 점심 식사」가 자아내는 정취가 흥미로운 것은 당연하다.

조화롭지 않은 상황이나 시대착오적인, 이를테면 도랑에서 돛을 펼친 군함, 양옥 옆에서 울리는 옛 가곡, 벽돌 벽 옆 격자문에 달린 신등, 공자 초상화에 엎드려 절하는 프록코트 입은 학자. 이런 불가사의한 광경에 우리 뇌는 깜짝 놀라며 자신의 취미에 만족하지 않으면 안 된다.

이러한 조잡한 대조라면 도쿄 시내에 수두룩이 굴러다닌다. 실제로 긴자 거리를 산책하다가 나도 우연히 마주쳤다. 마침 그날은 지장보살의 잿날이었다. 길가에 늘어선 국화꽃

---

* 셋슈는 수묵화의 대가, 바쇼는 일본 전통 시 하이쿠의 대가. 한림도는 겨울 삭막한 숲을 그린 그림, 고목도는 마른 나무를 그린 그림. 한산과 습득은 당나라 초기 승려이자 시인이다.

** 페이디아스는 그리스 조각가, 팔라디오는 이탈리아 건축가로 산조르지오 마조레성당을 지었다.

장수가 휴대용 램프 그늘 아래서 하얀 꽃에 물을 주고, 샤미센 켜는 맹인이 발판을 열심히 찾는다. 문득 달 밝은 밤이구나 생각했다. 한바탕 비가 내린 후라 담배 공장 지붕이 은청색으로 반짝거렸다. 그 뒤로 반구형 지붕이 달빛을 받으며 어두운 회보랏빛 은회색 공기에 잠겨 있었다. 이 이상한 광경을 보자 "도대체 어느 나라에 와 있는 거야!"라며 소리치고 싶어졌다.

납작한 돌을 깐 길 위에 한 무리의 검은 그림자가 보였다. 거리 노래꾼을 둘러싼 사람들이었다.

여자고등학교의 스튜던트
허리에는 밴드가 반짝이고
오른손에는 텍스트북
왼손에는 실크 엄브렐러
머리에는 버터플라이 화이트 리본……

일본답지 못한 가사와 멜로디에 '어휴'란 소리가 절로 나왔다. 만약 내가 베네치아 수변을 거닐다가 이런 노래를 들었다면, 또는 아리오스토나 타소*의 오래된 옛 시를 들었다면 이때와 같은 불가사의한 느낌은 들지 않았을 테다. 하지만 나는 도쿄를 걷고 있다. 저쪽 강변에서는 가락국수를 후루룩 먹고 있지 않은가. 벽돌 벽 옆 가스등 아래 나무판에는 '샤미센 연주'라고 확실히 적혀 있지 않은가. 이런 가부키적 정서에 버터플라이, 화이트 리본 같은 저런 터무니없는 가사가 가당키나 한가. 거짓말 같지만 사실이기에 어쩔 수 없다. 이렇게 말하면 과장된 수사법으로 생각할지 몰라도 이성적 외에 감정적으로 확실히 이상하다.

그러고는…… 나는 어슬렁어슬렁 교바시까지 걸어갔다. '가네사와'라는 극장 옆 이름 모를 작은 단팥죽 가게에 들러 단팥죽을 먹고 나서 밖으로 나오니 샤미센 소리가 손에 잡힐 듯 들려왔다.

* 아리오스토와 타소는 이탈리아 르네상스 시대의 시인이다.

장난이 아니다

다자이 오사무太宰治

다자이 오사무는 1928년 당시 유행하던 프롤레타리아문학의 영향으로 동인지 『세포문예』를 창간하고 지주를 비판하는 내용이 담긴 작품을 발표했다. 1929년에는 고리대금업으로 부를 쌓은 집안 내력을 부끄러워하며 고민하다 수면제를 먹고 혼수상태에 빠지기도 했다. 요양 후 이듬해 도쿄로 올라와 학교 근처 혼고에 셋집을 구해 대학을 다니지만 집에서 보내오는 돈으로 생활하는 자신을 경멸, 두 번째 자살을 시도했다가 실패했다. 세 차례 더 자살을 시도한 그는 끝내 1948년 투신자살에 성공하며 생을 마감했다.

「장난이 아니다」는 1939년 9월 잡지 『문학자』에 실린 글이다.

앞날을 생각하니 소름이 끼쳐 안절부절못하던 어느 초저녁, 혼고에 있는 아파트에서 지팡이를 질질 끌며 우에노공원까지 걸어갔다. 9월도 중순이 지났을 무렵의 일이다.

내가 입은 이미 철 지난 새하얀 무명 홑옷이 땅거미가 내려앉는 거리에서 자신조차 무서울 만큼 눈에 띄는 듯해 점점 더 서글퍼졌다. 살기가 싫었다.

우에노공원 안 시노바즈연못을 훑으며 불어오는 바람은 미적지근하고 시궁창 냄새가 났다. 연못에 핀 연꽃은 축 널브러진 채로 썩어 비참한 꼴을 맞이했다. 굼실굼실 움직이는 시원한 저녁 바람을 쐬러 나온 사람들도 어벙한 얼굴에 지친 기색이 역력했다. 모든 것이 세상의 종말을 연상시켰다.

결국 우에노역까지 오고 말았다. 수많은 먹빛 여행객이 동양 최고로 크다는 정거장에 우글우글 모여 있었다. 전부 패잔병 신세나 다름없다. 내게는 그리 보일 뿐이다. 우에노역은 도호쿠 지방 농촌 사람들에게는 '마의 문'이라 불린다. 이 역을 빠져나와 도시로 나가서 엉망진창으로 패하고는 다시 여기를 빠져나가 좀먹은 육체에 넝마 한 장 걸치고 고향으로 돌아간다. 반드시 그렇게 된다.

나는 대합실 벤치에 걸터앉아 히쭉 웃었다. 그렇게 내가 뭐랬어. 도쿄에 와도 소용없다고 그토록 충고했잖아. 아가씨, 아저씨, 청년 모두 생기를 잃고 멍하니 자리에 앉아 둔하고 탁한 눈으로 대체 어디를 바라보는가. 허공에 뜬 환상의 꽃을 좇고 있다. 다양한 얼굴이 주마등처럼 스치고 갖가지 실패를 기록한 두루마리 그림이 공중에 펼쳐지리라.

벌떡 일어나 대합실에서 도망쳤다. 곧바로 개찰구 쪽으로 걸었다. 7시 5분 도착 급행열차가 플랫폼에 지금 막 들어온 참이었다. 흑색 개미들이 서로 밀치락달치락하거나 또는 대굴대굴 구르며 개찰구를 향해 돌진한다. 손에는 트렁크. 손바구니도 드문드문 보인다. 아, 봇짐이란 물건이 아직 이 세상에 있었다. 고향에서 쫓겨나기라도 했나.

청년들은 꽤 멋쟁이다. 그리고 예외 없이 긴장감 속에서 들떠 있다. 가련하다. 어리석다. 아버지랑 싸우고 뛰쳐나왔겠지. 바보 같은 녀석들.

한 청년이 눈에 들어왔다. 영화에서 배웠는지 담배 피우는 모양새가 시건방지다. 외국 배우 흉내임이 틀림없다. 작은 트렁크 하나 들고 개찰구를 나오자 기어이 한쪽 눈썹을 추켜세운 채 주위를 둘러본다. 갈수록 영락없이 배우 흉내다. 양복은 깃이 넓고 아주 화려한 바둑판무늬에 바지는 너무 길어 허리 아래부터 다 바짓가랑이처럼 보인다. 흰 마로 된 헌팅캡, 빨간 가죽 단화. 청년은 입을 꽉 다물고 씩씩하게 걷기 시작했다. 그 모습이 우아한 나머지 우스꽝스러워 놀리고 싶었다. 나는 몹시 따분했다.

"이봐, 이봐, 다키다니 군."

트렁크에 달린 명찰에 '다키다니'라고 적혀 있었다.

"잠깐 나 좀."

상대 얼굴을 쳐다도 안 보고 저벅저벅 앞서 걸어갔다. 운명에 빨려 들어가듯 청년은 뒤따라왔다. 사람 심리에 대해서는 다소 자신이 있었다. 사람이 멍할 때는 보통 강압적으로 명령하는 게 제일이다. 상대는 예상대로다. 자연스레 이유를 붙여 섣불리 이해시키거나 안심시키려 애쓰면 오히려 좋지 않다.

우리는 우에노공원 언덕으로 향했다. 천천히, 천천히 돌계단을 오르며 한마디 던졌다.

"조금은 아버님 심정도 헤아려보는 편이 좋지 않겠어."

"네."

사이고 다카모리* 동상 밑에는 아무도 없었다. 나는 멈추고 소매에서 담배를 꺼냈다. 성냥불을 켜며 흘끗 청년을 쳐

---

* 사이고 다카모리(西鄕隆盛 1828~1877) 에도 막부를 타도하고 메이지유신을 성공으로 이끈 정치인으로, 우에노공원에 세워진 동상은 개를 끌고 산책하는 그의 모습을 담았다.

다봤다. 어린아이 같은 천진난만한 얼굴에 뾰로통한 표정을 띠고 서 있었다. 가여웠다. 이쯤에서 그만 놀려야겠다고 생각했다.

"자네, 몇 살이야?"

"스물셋입니다."

고향 사투리가 섞여 있다.

"어리네."

엉겁결에 탄성이 나왔다. 이제 됐어, 돌아가도 돼, 그냥 한번 해본 거야, 라고 말하려 하는 순간 조금 더, 조금만 더 놀려먹고 싶다는 마음이 불끈불끈했다. 바람기 비슷한 두근거림이었다.

"돈 있니?"

청년이 꾸물꾸물 대답했다.

"있습니다."

"20엔, 놓고 가라."

나는 웃겨서 견딜 수 없었다. 진짜 꺼냈기 때문이다.

"이제 가도 되겠습니까?"

바보, 농담이야, 놀려본 거야, 도쿄는 이렇게 무서운 데니까 얼른 고향으로 돌아가 아버님을 안심시켜드려. 웃음을 터뜨리며 이렇게 말했어야 했다. 하지만 애당초 흥을 돋우려고 시작한 장난이 아니었다. 아파트 월세를 내야 했다.

"고마워. 자넬 잊지 않겠네."

내 자살은 한 달 미뤄졌다.

산보 잡감

고이데 나라시게 小出楢重

1887년 오사카부 출생. 1907년 도쿄예술대 일본화과에 입학했지만 몇 년 지나 서양화로 전향했다. 1019년 「N의 가족」이 공모전에서 입상하며 이름을 알렸고 삽화나 유리화에서도 두각을 나타냈다. 1921년 프랑스로 미술 공부를 떠났다가 1924년 귀국해 구니에다 긴조, 나베 가쓰유키 등 동료 화가들과 함께 오사카에 '시나노바시 유화연구소'를 세우고 일본 회화계에 새로운 바람을 일으켰다. 1929년 다니자키 준이치로의 『여뀌 먹는 벌레』 삽화를 그리는 한편 『나라시게 잡필』, 『아름다운 풍경』 등 수필집을 선보였다. 1931년 2월 13일 심장 발작으로 마흔네 살에 세상을 떠났다.

「산보 잡감」은 1926년 2월 잡지 『마로니에』에 실린 글이다.

나는 밤마다 산보하는 습관이 있다. 반면 구니에다 긴조 군은 산보라면 질색한다. 무엇보다 걷는다步는 말부터가 까닭 없이 싫단다. 과연 생각해보면 산보는 그다지 시원시원한 단어도 행위도 아니다. 하지만 버릇이 들면 병과 같아서 만사 제쳐 놓고 일단 좀 돌아다니고 와야 직성이 풀린다. 그저 왠지 모르게 밖에 나가면 뭔가 놀랄 만한 생각을 발견할 듯한, 뭔가 떨어져 있을 듯한, 뭔가 훌륭한 물건을 주울 듯한 기분이 든다.

다만 캄캄한 들길이나 호젓한 거리는 아무리 걸어도 영 재미가 없다. 여우가 튀어나온다면 또 모를까. 여우라도 좋으니 나와주면 퍽 즐거울 텐데. 집구석에서 수염을 뽑는 모습보다 얼마나 멋진 광경일까. 만약 그 여우가 미인으로 둔갑해 유혹*한다면 더 재미있겠지. 혹여 말똥을 먹이면 난감하겠지만, 천장 옹이구멍을 세는 일보다 더 행복할지 모른다.

꿈꾸는 시간도 일종의 잠자리 산보다. 잠들자마자 눈떠 보니 아침일 만큼 숙면을 취하면 꿈을 안 꾸지만, 이따금 온몸이 지친 밤이면 꽤 흥미로운 하룻밤을 보낸다. 인간은 때

---

* 여우가 아름다운 여인으로 변신해 나그네에게 말똥으로 만든 경단을 먹이며 놀리는 옛날이야기.

론 10년 전 석 달 일은 기억나지 않아도 10년 전 어느 날 밤에 꾼 꿈은 또렷이 기억하곤 한다. 그렇다면 그 석 달은 죽은 거나 다름없고, 그 하룻밤이야말로 재미있게 살았다는 얘기가 된다. 인간이 깨어 있다고 거드름을 피울 수 없는 까닭이다.

나 같은 약골은 어차피 장수를 누리지 못할 테니 기껏해야 잠자리 산보나 하며 오래 살 궁리라도 해야겠다.

꿈 산보는 그렇다 치고 낮 산보도 그냥 무의미하게 손해만 보는 일은 아니다. 이를테면 거리에 어떤 연극 간판이 걸려 있다고 치자. 한 번 봐볼까, 매일 밤 그 간판을 쳐다보며 천천히 걸어가는 동안 이상하게도 그 연극을 이미 본 듯한 착각에 빠진다. 아니, 본 거나 진배없다. 천리안 같은 걸까, 진짜 그런 기분이 든다. 아내가 가게에 걸린 옷을 갖고 싶다고 한다. 매일 밤 그 옷을 바라보며 지나가는 사이 진즉 아내에게 사서 줬고 그 매달린 옷은 아내가 입다 질린 헌 옷이라고 생각될 때가 종종 있다. 산보의 한 이득인 셈이다.

도쿄는 뭐니 뭐니 해도 넓으니까 산보하기에 제격이다. 긴자부터 간다, 히로코지, 아사쿠사까지 걸으면 끝이 없다. 며칠이고 다른 곳을 돌아다닐 수 있다. 뭔가 만날 가능성도 크다. 나는 어쩌다 오래된 액자 따위를 만나서 사 들고 돌아온다. 그 이상의 행복은 줍지 못한 채 홍차라도 한 잔 마시고 기진맥진해 밤늦게 집에 오면 만족감이 들기에 그대로 잠자리에 든다. 그다음은 꿈 산보다. 좀 딱하다고 하면 뭐 딱한 신세다.

반면 오사카는 범위가 매우 좁다. 게다가 긴자처럼 상쾌하지 않다. 어떻든지 오사카인이 모여드는 장소고, 그들의 마음은 다름 아닌 토사물로 드러난다. 도톤보리 거리만큼 거리낌 없이 구토를 해대는 번화가를 본 적이 없다. 봄 4, 5월쯤에는 특히 심하다. 한번 찬찬히 살펴보며 걸어가 보길. 스키야키부터 장어덮밥, 양식까지 갖가지 음식물이 나뒹군다. 마음이 언짢다. 나는 여우가 말똥을 먹여도 화가 안 나지만, 인간이 쏟아낸 토사물은 정말이지 부아가 치민다. 도톤보리는 한가로이 걷기에 참으로 알맞지 않다.

그건 단지 산보를 목적으로 찾아오는 사람보다 연극을 보려는 사람, 마시고 먹고 싶은 사람, 기녀를 만나려는 사람, 만나서 함께 걸어가는 사람, 오입질을 꿈꾸는 사람, 카페 여급에게 가는 사람 등등 갖가지 직접적인 행동을 하는 사람으로 가득 차 있어서일 터. 그러니 더러워질 만도 하다.

내 생각엔 사람마다 뜻에 따라 향하는 곳을 달리할 필요가 있다. 슬슬 거닐려면 긴자, 아사쿠사는 아사쿠사다운 가

게, 간다는 책방, 오입질은 요시와라, 그 외는 가메이도 등
으로. 때마침 같은 취미를 가진 사람들이 모여드니 서로 불
쾌할 일도 없다. 이런 의미에서 파리는 지하철이나 버스나
전차조차 좌석에 등급을 매겨서 마음에 든다.

" 나 같은 약골은

어차피 장수를 누리지 못할 테니

기껏해야 잠자리 산보나 하며

오래 살 궁리라도 해야겠다. "

고이데 나라시게

백화점에서, 여름날 오후

데라다 도라히코 寺田寅彦

1878년 도쿄도 출생. 1896년 고등학교에서 영어 교사였던 나쓰메 소세키를 만나 문학에 관심을 갖게 됐다. 1899년 도쿄대 물리학과에 입학, 소세키의 소개로 마사오카 시키가 발행하던 잡지 『두견』에 작품을 발표했다. 1905년 죽은 아내를 추억하는 수필 「도토리」를 선보여 호평받았다. 1909년 독일로 2년간 유학하러 갔다가 돌아와 1913년 학술서 『바다의 물리학』을 출간해 학자로서 명성을 쌓았다. 이후 도쿄대 교수로 재직하며 과학자의 관점에서 인간이 만든 과학의 한계를 지적하는 글을 다수 남겼다. 1935년 12월 31일 선일곱 살에 전이성 뼈종양으로 세상을 떠났다.

「백화점에서, 여름날 오후」는 1929년 8월 아사히신문에 실린 글이다.

아스팔트 도로의 표면 온도가 화씨 100도를 넘는 오후에 대형 백화점 안을 걷다 보면 드뷔시가 작곡한 「목신의 오후에의 전주곡」이 떠오른다. 한쪽에 가득 진열된 상품이 활짝 핀 들꽃처럼 보이고 천장에서 돌아가는 선풍기는 날갯짓과 윙윙 소리가 꿀벌을 연상시킨다. 오가는 사람들이 사슴이나 새 또는 요정 같기도 하다. 모든 인간적인 것이 더위 때문에 증발해버리고 꿈같은 동화의 세계만 남은 느낌이다. 이 꿈의 세계를 이리저리 거니는 수천 명 가운데 몇 퍼센트는 어쩌면 그저 목신의 꿈을 꾸려는 목적으로 정처 없이 떠돌고 있는지도 모른다. 이런 의미에서 백화점은 하나의 공원이자 민중의 산책 공간이다. 동시에 박물관이자 백과사전이자 일종의 대학인 셈이다. 그렇기에 백화점은 현대 세상의 색인이자 축소도가 된다.

식당과 사진관은 물론 이발소, 여행사…… 무엇이든지 있다. 요즘에는 우체국이 들어오기도 했다. 직업소개소와 결혼정보회사는 아직 없지만, 머지않아 생길 것 같다. 지금도 맞선 장소로 매일같이 이용될 정도니까. 당구장이 있어도 괜찮겠다.

그런데 백화점의 가능성이 아직 얼마만큼 남아 있는지는 미지수다. 가능성의 하나로 생각되는 것은, 간편하면서도 값싸게 '지식을 파는' 일이다. 법학, 의학, 공학, 문학, 이학, 농학 등 온갖 학문의 소매상을 설치하면 어떨까.

친척이 민사상 소송에 걸리면 우리는 그에 관해 구체적인 법률 지식을 대충이라도 알고 싶어 한다. 그럴 때, 만일 백화점에서 쇼핑하며 10분이나 15분이란 시간과 2엔에서 3엔 정도 돈을 들여서 요령을 터득할 수 있다면 좋겠다.

굳이 의사에게 진료받을 정도는 아닌 조그마한 종기가 났을 때 적당한 치료법을 배우거나 병인지 아닌지 아리송한 몸 상태를 이야기하고 의견을 듣는다. 이런 일이 마치 연필 한 자루, 손수건 한 장 사듯 손쉽게 이루어진다면 편리하다.

집을 지으려는 사람이 손수 그린 어설픈 설계도를 보여주고 잘못된 곳을 고쳐받거나 작은 기계일지언정 사기 전에 어디에 쓸지 말하고 적당한 제품을 추천받으면 제격이다. 멜론을 키워보고 싶은 사람이 텃밭 상태를 상담하고 재배법을 배우면 간편하다.

조금 실용적이지 못한 지식이라도 우리는 때때로 전문 분야가 아니지만 대강이라도 알아두고 싶다. 책을 읽으면 된다고 한들 도대체 어떤 책을 읽어야 좋을지를 모른다. 그럴 때, 만약 백화점에서 쇼핑할 적마다 간편하면서도 값싸게 지식을 구입할 수 있다면 얼마나 편리할지. 이를테면 상대성

원리란 무엇인가, 마르크시즘이란 무엇인가, 바로크란 무엇인가, 야구란 무엇인가, 재즈란 무엇인가. 이러한 지식을 바라는 대로 재빨리 배울 수 있다면 무척 편하리라. 이게 시대에 적응하는 이유일지도 모른다.

지금 한창 유행하는 각 분야의 통속 잡지는 이런 값싸고 간편한 피상적인 지식을 기차 도시락 속 반찬처럼 가득 담아 놓았다. 하지만 자기가 원하는 것을 자기가 원하는 시간에 딱 맞춰 얻기에는 다소 불편하다. 그러니 백화점에서 나의 이 제안을 받아들여 실행한다면 기쁘겠다.

이러한 '지식 판매원'으론 그렇게 대단하고 훌륭한 진짜 학자는 필요 없다. 아니, 도리어 매우 성가시고 또 어울리지 않는다. 차라리 백화점 지배인에게 맡기는 게 낫다.

어느 백화점 입구에 자리한 분수 옆 야자수 그늘 속 벤치에 멍하니 걸터앉아 나는 이런 싱거운 상상을 했다.

어느 밤

도쿠토미 로카德冨蘆花

1868년 구마모토현 출생. 1889년 언론인이자 사학자였던 형 소호가 운영하던 민유사에서 편집기자로 일하며 톨스토이 작품에 심취했다. 1894년 고쿠민신문에 자연을 예찬하는 수필을 연재하며 이름을 알렸고, 1890년 출간한 소설 『불여귀』로 인기 작가가 됐다. 1900년 기독교 휴머니즘이 녹아든 사색 수필 『자연과 인생』을 선보여 호평받았다. 그해 출판사를 그만두고 전업작가로 활동하며 1906년 예루살렘을 순례하고 돌아와 『순례기행』을 출간했다. 이듬해 톨스토이처럼 교외에서 전원생활을 하며 『지렁이의 농담』, 『신춘』 등을 남겼다. 1927년 9월 18일 쉰아홉 살에 생을 마감했다.

「어느 밤」은 1909년 4월에 쓴 글이다.

매화는 늦고 벚꽃은 이른 4월 1일의 일이다.

3시 넘어서 볼일을 보러 한 젊은 부인과 함께 가스야에서 다카나와로 갔다. 오후 6시부터 11시 지나서까지 어느 집의 주인을 찾아가 이야기를 나누다가 끝내 갈피를 못 잡고 그 집을 나왔다. 벌써 12시 가까이 되어 있었다. 다행히 막차를 타서 젊은 부인은 미야케자카에서 내려 자기 집으로 향했고, 나는 아오야마에서 내려 형네 집으로 갔다.

이제 막 잠이 들었는지 문을 두드려봐도 이름을 불러봐도 소리를 쳐봐도 누구 한 사람 일어나 나오지 않는다. 바로 근처에 조카딸이 살았지만 산달이 가까운 조카를 놀라게 하고 싶지 않았다. 아오야마 거리를 걸었다. 도중 파출소에 들러 경찰이 알려준 지도에서 본 기타마치 뒤편 여인숙으로 가서 한두 곳 문을 두드렸다. 사람이 깨서 나오기는 해도 만실이라는 허울 좋은 거짓말로 거절했다.

전차는 진즉에 잠자러 갔다. 날이 밝으면 종기 때문에 쓰키지 병원에 입원한 아버지를 병문안할 생각이었다. 그때까지 신바시역 대합실에라도 들어가서 눈을 붙일까 싶어 달빛과 전등과 가스등 불빛을 밟으며 어슬렁어슬렁 다메이케 거리를 지나 신바시로 걸어갔다. 도착해 보니 이런 불찰이! 문이 닫혀 있다. 역무원에게 물으니 졸린 목소리로 4시 반까지는 열지 않는단다. 아직 2시 전이다.

전등불만 환하게 켜진 폼페이 폐허 같은 쓸쓸한 긴자 거리를 거닐다가 동쪽으로 꺾어 가부키좌 앞을 지나 쓰키지 쪽으로 향했다. 만넨바시 다리 옆에 가와타케 모쿠아미*가 쓴 시대극에나 나올 법한 가락국수 포장마차가 보였다. 새벽 2시쯤, 야밤이라 으스스 추웠고 배도 고팠다.

"여기, 가락국수 한 그릇 주세요."

"예이."

등불 그늘 속에서 예순 가까이 된 할아버지가 얼굴을 내밀고 잠깐 나를 쳐다보더니 곧장 부채를 부쳐서 불을 활활 피웠다. 뒤쪽으로 인력거 두 대가 세워져 있었다. 인력거꾼 한 명은 코를 골며 자고, 다른 한 명은 발 받침대에 걸터앉아 무릎 덮개를 머리끝까지 덮어쓴 채 꼼짝 않는다.

"예이, 다 됐습니다."

나무젓가락이랑 같이 할아버지가 건네준 사발을 받아 들고 한 젓가락 집어 후루룩 입에 넣자 비린내가 나서 속이 메슥거렸다. 그래도 두 그릇을 먹었다.

"여기요, 두 그릇 더 말아주세요."

* 가와타케 모쿠아미(河竹黙阿弥 1816~1893) 에도시대에 활약한 가부키 작가로 인정 넘치는 시대극이나 풍속극을 써서 인기가 많았다.

국숫값을 내고 나서 "잘 먹겠습니다! 이봐, 저분께서 사주셨어" 하고 인력거꾼 한 명이 다른 한 명을 불러 깨우는 소리를 들으며 만넨바시 다리를 건넜다. 눈앞에 가부키 무대 배경에서 본 듯한 붉은빛을 띤 십일야 달이 전깃줄에 매달려 있다.

쓰키지외과병원 철문은 당연히 닫힌 상태였다. 아버지 병실로 보이는 2층 병실 하나에 쳐진 커튼 너머로 주홍색 불빛이 비쳤다. 귀를 기울였다. 신음 소리가 들린 것 같았다. 헛들었나. 지금 아버지는 깊은 잠에 빠져 계시리라. 당신의 자식 하나가 지금 병실 불빛을 바라보며 이슥한 밤 창문 아래를 서성대리라고는 꿈에도 모른 채.

졸렸다. 머릿골이 저렸다. 어디든 상관없다, 이 무거운 머리를 옆으로 누이고 싶었다. 나는 스르르 꿈꾸는 듯한 기분으로 혼간지 절 주변을 어정거렸다. 몸으로 걷지 않았다. 유령처럼 비실비실 떠돌았다. 우연히 묘지에 들어갔다. 익히 아는 곳이었다. 예전에 이 묘지로 히구치 이치요* 작가의 묘를 보러 왔을 때 여기저기 둘러봤다. 달빛을 받으며 묘와 묘 사이를 누비고 다녔다. 누군가의 묘지 받침돌에 걸터앉아도

---

* 히구치 이치요(樋口一葉 1872~1896) 일본 근대문학을 대표하는 여성 작가로 스물네 살에 짧은 생을 마감한 뒤 쓰키지 혼간지 절 부속 묘원에 묻혔다.

본다. 하지만 묘지는 영원히 잠들어야 하는 장소다. 하룻밤 죽음을 받아들이는 곳이 아니다. 묘지에서 내쫓겨 또다시 혼간지 절 앞 광장으로 나왔다.

언뜻 열린 혼간지 절 문이 보였다. 출입구에는 경찰인지 문지기인지가 머무는 오두막이 자리해 불빛이 환하다. 뭐라 하는 사람도 없어서 안으로 휙 들어가 본당 툇마루에 올랐다. 꽤 서쪽으로 기운 달빛이 땅을 기어가서 본당 툇마루는 어둡게 그늘져 있다. 겨우 안식의 장소를 얻었다. 넓은 툇마루에 보자기를 깐 다음 팔베개를 하고 드러누웠다. 잠깐 꾸벅꾸벅 조는데 머리 바로 위에서 뭔가 바스락바스락하는 소리가 났다. 눈을 뜨고 머리 위 어둠을 바라봤다. 동시에 어둠 속에서 '구구' 하는 속삭임이 들렸다.

"아, 비둘기구나."

나는 또 소르르 잠이 든다. 달은 점점 진다.

" 달빛을 받으며

묘와 묘 사이를 누비고 다녔다.

누군가의 묘지 받침돌에 걸터앉아도 본다.

하지만 묘지는

영원히 잠들어야 하는 장소다. "

도쿠토미 로카

긴자의 아침

오카모토 기도 岡本綺堂

1872년 도쿄도 출생. 1890년 도쿄니치니치신문사에 입사해 기자로 일하면서 소설 「다카마쓰성」을 발표했다. 1902년 희곡 「금색 범고래로 소문난 높은 파도」가 가부키로 만들어져 성공을 거둔 뒤 극작가로서 명성을 떨쳤다. 1913년 소설 창작에 전념하며 탐정물과 괴담물을 다수 선보였다. 1916년 셜록 홈스의 영향을 받아 에도시대를 배경으로 한 탐정소설 '한시치 체포록' 시리즈를 집필하기 시작했다. 이후 『세계괴담명작집』, 『중국괴기소설집』 등 동서양의 다양한 괴담을 엮은 책을 출간해 '괴기문학의 대가'로 불렸다. 1939년 3월 1일 예순일곱 살에 세상을 떠났다.

「긴자의 아침」은 1901년 7월 잡지 『문예구락부』에 실린 글이다.

여름날 동트기 전 참외 껍질, 대나무 껍질, 담배꽁초, 휴지 따위가 널브러진 길에 나가 잠시 멈춰 선 채 잠자는 긴자 대로를 바라본다. 여기가 수도 한가운데인가 의심될 만큼 거칠고 쓸쓸하기 짝이 없다. 이윽고 잠옷을 조금씩 덤덤히 벗어젖히고, 동녘 하늘에 새벽빛이 들자 만물은 살아 움직인다.

차도와 인도의 경계에 늘어진 버드나무 몇 그루가 지금 막 꿈에서 깬 양 바람이 불 때마다 한들거리며 시원한 새벽 이슬을 똑똑 흘린다. 그 나뭇잎 그늘 아래서 깜박이던 가스등 불빛이 하나둘 꺼진다. 아침 안개가 걷힐락 말락 하는 가운데 걷다 보면 사람 얼굴이 어렴풋이 보이기 시작한다.

파출소 앞에서 위엄스레 서성거리는 흰옷 입은 경찰이 맨 먼저 눈에 들어온다. 신바시역 주변에서 밤새운 인력거꾼이 졸린 눈을 비비고 놀랄 만큼 크게 하품하며 일어선다. 거지인지 날품팔이인지 너절한 옷차림의 사내가 술 취한 것처럼 비틀거리며 다가와 내 발밑에 나동그라진 참외 껍질을 몇 번인가 뒤적이다가 지나간다. 이어 어스름한 골목에서 쓰레기통을 등에 짊어진 열두세 살쯤 돼 보이는 사내아이가 매의 눈을 번뜩이며 튀어나온다. 죄의 그림자가 아이를 뒤덮지는 않을까, 그 결말은 어찌 될는지. 왠지 초조하고 서글프다. 동시에 이른 우유 배달부와 늦은 신문 배달부가 앞서거니 뒤서거니 하며 인도를 바삐 달려간다. 지금 시각은 오전 3시.

쓰키지 해안과 맞닿은 하늘이 희끄무레하다가 발그스름하게 물든다. 핫토리빌딩에 우뚝 선 시계탑 시곗바늘이 5시를 알리자 잠든 거리가 차츰 깨어난다. 어디선가 들려오는 사람 목소리며 물건 소리가 아침 정적을 깨뜨리고 상점 직원이 짧은 여름밤을 원망하며 가게 문을 드르륵 연다. 흐트러진 잠옷 차림의 요염한 젊은 처녀가 이른 기상을 뿌듯해하며 이슬 맺힌 나팔꽃 화분 두세 개를 처마 밑으로 옮긴다. 옆에 꽃이 일제히 피어난 네모필라를 꿈인지 현실인지 넋 놓고 바라보는데, 그림으로 그리고 싶을 만큼 아름답다. 2층 유리창이 저절로 밝아지자 아침 바람에 푸른 대나무 발이 물결치고 벌레장이 흔들린다. 느닷없이 울어대는 여치. 모두 상쾌하다.

6시가 지나 7시가 되면 긴자 거리는 다시금 낮의 열기와 번잡함을 되찾는다. 처마를 잇대고 늘어선 가게들이 모조리 큰길을 향해 있진 않다. 나뒹굴던 대나무 껍질이며 휴지는 어느새 사라지고 더없이 조용하던 붉은 벽돌 위에 물결무늬를 그린 비질 자국이 선명하다.

가게 차양, 행인의 옷. 모든 것이 허연 가운데 꽃 파는 할아버지가 붉은빛 패랭이꽃과 보랏빛 도라지꽃을 어깨에 한 짐 메고 팔러 온다. 할아버지가 쓴 모자챙에 아침 햇살이 눈부시게 비치자 채 마르지 않은 꽃에 맺힌 이슬이 또렷이 보인다. 기쁘기 그지없다.

철도마차가 쿵쿵거리며 달려가고, 아침 참배를 하러 가는 여인을 태운 인력거가 위태로이 선로를 비스듬히 가로지른다. 싱싱한 전갱이를 파는 생선 장수는 커다란 대야를 무겁게 들고 기운차게 뛰어간다. 월금을 어깨에 걸친 거리 연주자 두 명이 오늘 수입을 점치며 재빨리 걸어간다. 동서남북 어디를 봐도 아침 거리를 걷는 사람은 죄다 희망과 활기가 넘친다.

작은 도시락통을 손에 들고 종종걸음 치는 열일고여덟 살 남짓한 소녀가 옆을 스쳐 지나간다. 옷차림과 핼쑥한 얼굴로 보아 인쇄소 직원이지 싶다. 한창 예쁠 나이에 매일 먼지와 검댕에 파묻혀 지내는, 가련한 그녀는 어떤 꿈을 꿀까. 나이 들어 병든 부모를 모시려는 걸까, 아니면 시집갈 비용을 모으려는 걸까.

8시가 넘자 거리는 드디어 열기로 가득 찬다. 위조품을 늘어놓고 시골뜨기를 기다리는 고물상, 여인을 대상으로 연애운을 봐주는 점쟁이, 어린아이를 부르는 금붕어 가게, 노동자를 맞이하는 빙수 가게. 갖가지 노점이 들어서서 떠들썩하다. 생계를 꾸리려 사회와 싸우는 사람들이 이쪽저쪽으로 뛰어다니니 그렇지 않아도 뜨거운 햇살이 더욱더 숨막히게 뜨겁다. 그즈음 물수레가 돌아다니지만 큰길 위 모래는 금세 말라버린다. 아침 이슬을 다 떨어뜨린 길가 버드나무는 이 아수라장을 더는 보기 힘들다는 듯 먼지를 잔뜩 덮어쓴 채 줄기와 잎을 맥없이 늘어뜨린다.

1900년대 긴자대로.
당시 도쿄에서 가장 번화한 거리였다.

걷는다는 것

미요시 주로三好十郎

1902년 사가현 출생. 1920년 와세다대 영문과에 입학, 1924년 『와세다문학』에 시 「비 오는 밤 합주」를 발표하며 문단에 데뷔했다. 1928년 좌익예술동맹을 결성하고 프롤레타리아 작가로 활약하는 한편 「목을 베는 자는 누구인가」가 무대에 올려지며 극작가로 명성을 쌓았다. 1931년 첫 희곡집 『탄진』을 출간한 뒤 전향해 리얼리즘 작법을 추구한 작품을 다수 선보였다. 1950년 진보적 문화인을 비난하는 평론집 『공포의 계절』을 펴내며 화제를 일으켰고, 이듬해 『군상』에 고흐를 그린 「불꽃 인간」을 발표해 요미우리문학상을 수상했다. 1958년 12월 16일 쉰여섯 살에 생을 마감했다.

「걷는다는 것」은 1952년 9월에 쓴 글이다.

나는 머리가 복잡하거나 기운이 빠지거나 심신이 지칠 때면 자주 산책을 나간다. 자신의 상태를 바꾸려는 뚜렷한 의지가 발동해서는 아니고 대개 본능적으로 그리한다. 거의 무의식적으로 벌떡 일어나 간단히 밖에 나갈 차림을 하고 집을 나와 거리를 돌아다닌다. 일단 바깥바람을 쐬면 기분이 좋아진다. 또 풍경을 찬찬히 둘러보거나 모르는 사람의 모습이나 얼굴을 바라보는 일이 즐겁다. 하지만 꼭 그 때문만은 아니다. 보통 말하는 의미의 산책과 나의 산책은 조금 다르다.

맨 먼저 찾아오는 것은 그때까지 자신을 속박했던 갖가지 굴레에서 벗어난 느낌이다. 집이나 가족과의 관계뿐만이 아니라 일, 사적 또는 공적으로 얽힌 인간관계는 물론 모든 사회적 관계로부터 해방된 기분이랄까. 실제로 그 굴레가 끊어졌다고는 생각지 않지만, 쭉 길게 늘어지며 느슨해진 탓에 한결 자유로운 존재가 된다. 그리고 그 굴레에서 비롯되는 중압감이 사라져서 한동안 마음이 편안하다. 내가 나한테서 빠져나온 느낌이랄까. 즉 이제껏 해온 맘고생이니 노력이니 사색이니 논리 추구니 하는 것을 방구석 책상 위에 그대로 버려둔 채 나만 쏙 빠져나왔다고 실감한다.

내 눈은 하늘을 올려다보거나 땅을 내려다보거나 나무를

쳐다본다. 꽃이 피어 있으면 '아, 그랬었지, 벌써 그 계절이구나, 작년에도 이랬던가? 아름답네' 마음속 깊이 음미하며 지나친다. 맞은편에서 사람이 다가온다. 이웃 사람이면 인사한다. 낯익은 어린아이가 놀고 있으면 '활기가 넘치는군, 키가 훌쩍 컸네' 생각한다. 집에서 점점 멀어질수록 마주치는 사람은 대부분 낯선 얼굴이다. 20분쯤 걸으니 인사를 건넬 일조차 없다. 자동차가 지나간다. 강아지가 달려간다. 전차, 집, 가게, 사람의 다양한 모습과 소리, 공터, 풀, 강 그리고 여러 가지 냄새…… 이쯤 되면 완전한 자유 속에서 고독한 인간으로 그저 걸어갈 뿐이다.

내 감각은 바깥공기에 반응하느라 예민해진다. 보고 듣고 만지는 것의 색깔과 냄새와 촉감을 한껏 풍성히 받아들이고 체험한다. 동시에 같은 이유로 감성은 집에 앉아 있을 때 나타나는 신경질적 반응이나 불균형을 떨쳐버리고 훨씬 차분하고 건강하다.

산책하면서 나는 지금 하는 일이나 생각, 일상에서 벌어지는 잡다한 문제를 논리대로 사고한 적이 거의 없다. 걸으면서 보고 들은 것과 그로 인해 솟구치는 감정을 맛보기에도 벅차서 머리가 제대로 돌아가지 않는다. 아마도 개가 걷는 상태와 닮지 않았을까. 물론 가끔 일이나 사상, 생활의 파편이 언뜻 떠오를 때가 있다. 그 파편 바탕에 흐르는 색조나 가락이 불쑥 머릿속에 들어와 잠시 머무른다. 그러다 눈이 아름다운 나무 그림자를 발견하거나 귀가 난데없는 소리를 듣는 순간 조금 전 파편은 어디론가 싹 날아간다.

이런 일을 되풀이하며 두 시간이고 세 시간이고 돌아다닌다. 계속 걷기만 하면 너무 피곤하니까 그 사이사이 한두 번은 전차나 버스에 오른다. 어쩌면 걷는 시간보다 탈것에 타고 있는 시간이 길지도 모른다. 그래도 괜찮다. 나한테는 걸어갈 때와 같은 일이 일어나니. 그때조차 자연과 사람 속에 멈춰 서거나 지나가는 셈이다.

그렇게 두세 시간을 보낸 뒤 문득 깨닫는다. 머릿속 혼란이 가라앉거나 마음속 피로가 풀렸음을. 이어 뭔가 딱 정리되며 뭔가 다시 일어선다. 너무 많이 걸어서 진이 다 빠지면 오히려 더 나빠지기도 하지만, 나중에 기운을 차리면 같은 현상이 일어났음을 알아챈다.

나만 그런가요? 당신은 그런 적이 없나요?

여행도 마찬가지다. 지금 글을 쓰려고 마음먹는다. 무엇을 어떻게 써야 할지 이리저리 궁리한다. 또는 사상 문제로 알 수 없는 벽에 부딪친다. 아무리 연구하고 사색해도 혼란스럽고 결론이 나지 않는다. 또는 살다가 어려운 문제가 생긴다.

헤매고 헤맨 끝에 정신마저 약해져 도저히 해결할 수 없다. 그럴 때 여행을 떠나서 여기저기 걸어 다니다가 전차나 버스나 기차를 탄다. 짧게는 서너 시간, 길게는 사나흘 지나면 앞서 느꼈던 망설임이나 혼란이나 쇠약이 전부는 아니어도 대부분 저절로 벗겨지고 바래진다.

이는 그동안 문제를 한눈팔지 않고 열심히 생각했기 때문이 아니다. 생각을 거의 하지 않은 덕이다. 그저 마음속에 문제를 쌓아두고 있었을 뿐이다. 그대로 무심히 자연을 바라보거나 사람을 쳐다보거나, 자연을 거닐거나 사람과 이야기하는 사이 저절로 미묘한 작용이 일어난다. 마음에 품은 문제의 핵심, 본질이 뚜렷한 형태로 눈앞 손바닥 위에 놓인다.

전쟁이 끝나고 나서 처음 여행했을 때가 떠오른다. 여행이라고 해봤자 짧은 나들이로 주오선 기차를 반나절 탔을 뿐이다. 기차는 몹시 붐벼서 앉지도 못한 채 창문 옆에 바짝 붙어 꼼짝할 수 없었다. 답답하고 불쾌했다. 하지만 출발하고 한 시간쯤 지나자 마음이 차분히 가라앉았다. 고보토케 터널을 빠져나올 무렵부터는 창밖을 내다볼 여유마저 생겼다. 두 시간 정도 달리는 동안 가쓰누마부터 엔잔에 걸친 산마을이 천천히 스쳐 지나갔다. 이제껏 몇 번이나 보고 지나친 풍경이었다. 이따금 기차에서 내려 머문 곳도 있었다. 별로 신기한 경치가 아니었음에도 내 눈은 산과 강과 드문드문 반짝이는 농가의 흰 벽, 그 사이에서 걷거나 일하거나 느긋이 움직이는 작은 인간을 뚫어지게 바라봤다.

그때 깜짝 놀랄 만큼 불쑥 맹렬한 감정이 솟아올랐다. 관념이 아니라서 말로 설명할 수는 없다. 감동이나 계시이려나. 무척 깊고 맑은 가락에 맞춰 조용하디조용한 음악이 울려 퍼지는 것 같았다. 어안이 벙벙해서 한동안 아무 생각 없이 넋을 잃고 있었다. 동시에 마음속 혼란이 정리됐다.

그러니 만일 나라는 인간 안에 조금이라도 장점이 있다면, 또 만일 나라는 작가가 하는 일 중에 조금이라도 좋은 작품이 있다면 모두 산책이나 여행 덕분이다.

다른 이들은 어떤가요? 당신은요?

3장, 자연을 거닐다.

> " 때론 작은 자연 현상 속에서
> 인간이 그토록 찾아 헤매는
> 우주의 비밀 한 조각을 발견한다. "

회오리바람

스스키다 규킨薄田泣菫

스스키다 규킨은 시인으로서 활발한 활동을 펼치던 중 1906년 결혼해 교토에 신혼살림을 차렸다. 이듬해 시집 『백양궁』을 출간한 뒤 고쿠민신문사에 입사해 톨스토이, 투르게네프 등 러시아문학을 즐겨 읽으며 소설 집필에 몰두하지만 습작만 거듭했다. 창작의 고통을 달래기 위해 시간이 있을 때면 나라를 찾아 기코사, 홋케지, 도다이지 등 사찰을 순례했다. 결국 소설을 포기하고 수필을 주로 쓰며 1908년 첫 산문집 『낙엽』을 선보였다.

「회오리바람」은 1908년 10월 잡지 『신소설』에 실린 글이다.

아키시노 절을 나와 남쪽 사이다이지 마을로 터벅터벅 걸어 내려왔다. 오후의 태양이 사정없이 내리쬐는 탓에 갑자기 어질어질 현기증이 났다. 게다가 아침 일찍부터 정오가 지난 시간까지 무엇 하나 입에 넣지 않은 채 무작정 걸어 다녔더니 배고파서 기운이 달리고 다리는 땅에 달라붙은 것처럼 무거웠다.

오미하카산은 머리가 허옇게 센 할멈 같은 검붉게 그을린 맨살에 거무죽죽한 소나무가 뿔뿔이 흩어져 자랐다. 대체로 이 부근 소나무 색은 지질 때문인지 아무래도 다른 곳에 비해 검은빛이 강하다. 바로 앞 사이다이지 숲도 그렇고 조금 전 지나쳐 온 아키시노 수풀도 돌이켜 보니 어쩐지 거무스름하게 보였다.

어느 가을날이었던가, 비가 주룩주룩 쏟아지는 해 질 녘에 혼자 달랑 이 길을 걸어 나라 시내로 돌아간 적이 있다. 그때 아키시노 절에서 본 기예천녀의 뭉실뭉실한 얼굴을 마음속에 그리며 술에 취한 듯한 기분에 빠졌더랬다. 오늘은 무엇보다 배고픔을 뼈저리게 느꼈다.

허기진 배를 움켜쥐고 걷는데 며칠 전 읽은 고리키의 「황야」라는 단편이 문득 머릿속에 떠올랐다. 여러 가지 색 헝겊으로 기운 회색 작업복을 깡마른 몸에 걸치고 도중에 주운

찢어진 구두를 윗도리 안쪽에서 뽑아낸 굵은 실로 꽉 묶어 신고는 모래 먼지를 일으키며 쿵쾅쿵쾅 걸어가는 학생, 여기저기 닳아 보기 흉한 군모를 비스듬히 쓰고 붉은 셔츠에 포대 자루 같은 헐렁헐렁한 양복을 입고는 맨발로 성큼성큼 걸어가는 퇴직 군인. 이들과 함께 땅이 타들어 가는 무더운 여름날, 황야를 빈속으로 종종대며 걸어가는 광경을 상상했다. 지금 내게 한 사람의 동행자가 있다면 그건 자신인 듯해 우습기도 하고 딱하기도 하고 화나기도 했다.

어떻든지 아마 그 이야기 중간쯤에 누군가 구름을 올려다보며 나무딸기즙에 우유를 끼얹은 듯한 색깔이라고 말하자 돌연 식욕이 솟은 맨발의 퇴직 군인이 더욱더 배고픔을 참지 못하는 대목이 나왔다. 나무딸기라면 마침 지금이 제철이니 혹시 주변 풀숲 사이에 남몰래 엉글어 있으려나 싶어 눈에 불을 켜고 풀을 헤집어봤지만 한 알도 눈에 띄지 않았다.

재빨리 포기하고 그저 머리가 명령하는 대로 종종걸음 치며 앞을 향해 나아갔다. 완두콩은 금방이라도 터져 벌어질 만큼 알이 딴딴했고, 보리는 슬슬 여물어 가는 참이었다. 들일도 거의 끝난 시기라 누구 하나 밭에서 일하는 사람이 없었다. 다만 가까운 아키시노 강가에서 오리를 키우는 집의 아이인지 한 소년이 기다란 대나무 막대기를 짊어진 모습이 보였다. 높직한 언덕 위에서 얼핏 이쪽을 내려다보는가 싶더니 반대편으로 내려갔는지 금세 자취를 감췄다. 초여름 기운이 충만한 자연이 앞다투어 나를 다그치고 무겁게 짓누르니 피로와 불안이 점점 몰려와서 참기 힘들었다.

바로 앞에는 잘 가꿔 가지런히 쭉 늘어선 보리 이삭이 바람이 쏴 불어올 때마다 물결치듯 아름답게 일렁였다. 낟알이 장난꾸러기 바람과 함께 땅바닥으로 굴러떨어졌다. 요사이 햇빛이 줄기차게 내리비쳐서 바싹 메마른 길에 모래 먼지가 획 일었다. 모래 먼지는 한바탕 나부끼는가 싶더니 가늘게 굽이치며 돌돌 굴러다녔다. 그러자 근처에 아무렇게나 널브러져 있던 나뭇잎이며 볏짚 쪼가리가 눈에 보이지 않는 자의 손에 이끌려 쏙 모이더니 한 덩어리로 뭉쳐 빙글빙글 날아올랐다. 이윽고 불쑥 곧추서서 쭉쭉 뻗어 올라가다가 곧 옆으로 픽 쓰러지더니 잔달음질 치며 오른쪽 보리밭 두렁으로 스르르 빠져나갔다. 회오리바람이었다.

나는 어느새 발걸음을 멈추고 멀거니 서 있었다. 까다로운 성미에 잔뜩 찌푸린 얼굴을 한 대자연의 답답한 명상 밑바닥에도 자칫하면 벌레가 파먹은 것처럼 구멍이 생긴다. 그러면 주변 모든 기운은 당황하며 그 안으로 흘러든다. 이따금 생각지도 못한 커다란 소용돌이가 일어나기도 한다. 어쩌면 인간의 내적생활 날씨도 회오리바람 같은 일투성이일지도 모른다. 물론 회오리바람이 하루 기분에 영향을 주거나 평생 생존과 관계될 정도로 대단한 사건은 아니다. 하지만 때론 작은 자연 현상 속에서 인간이 그토록 찾아 헤매는 우주의 비밀 한 조각을 발견한다.

날이 조금씩 흐려지는데도 못 견디게 무더웠다. 갈증이 나서 목구멍에 경련이 일었다. 사이다이지 마을이 코앞이다. 나는 저린 발을 질질 끌며 터덜터덜 걸어갔다.

1910년대 나라 시내 풍경과 사이다이지 마을로 가는 산길.

복숭아가 있는 풍경

오카모토 가노코岡本かの子

1889년 도쿄도 출생. 어려서부터 책을 즐겨 읽으며 잡지에 시를 투고하는 등 작가를 꿈꿨다. 1906년 가인 요사노 아키코를 만나 동인 '신시사'에 참여하며 잡지 『명성』, 『묘성』 등에 단가를 발표해 호평받았다. 1910년 스물한 살에 만화가 오카모토 잇페이와 결혼했지만 생활은 순탄치 않았다. 신경쇠약으로 요양하는 동안 불교에 심취, 1918년 『사랑의 번민』을 출간한 이후에는 불교 사상가로도 활동했다. 1936년 아쿠타가와 류노스케와의 만남을 그린 「두루미는 병들었다」로 소설가에 데뷔, 「모자서정」, 『생생유전』을 선보였다. 1939년 2월 18일 쉰 살에 뇌출혈로 생을 마감했다.

「복숭아가 있는 풍경」은 1937년 4월 잡지 『문예』에 실린 글이다.

식욕도 아니고 정욕도 아니다. 육체적인지 정신적인지 분류하기 어려운 그리움이 저기압 소용돌이처럼 목구멍 안쪽에서 울적하게 차올라 끊임없이 갈증을 일으켰다. 아직 소녀였던, 도쿄 변두리에 있는 다실풍 나지막한 이층집에서 부모님과 함께 살았을 때의 일이다. 나는 빨간 허리띠를 꼭꼭 옭아맨 채 자다 깨다 하며 이 감정이 어디서 오는지 어떻게 해야 풀릴지 생각했다. 꾸벅꾸벅 졸다가도 주체스러워 어찌할 줄 몰랐다.

만약 누가 이것을 성적 욕망으로 인한 변태 과정이었다고 말한다면, 그럴지도 모른다고 대답하겠다. 마침 나이대도 그 의견에 딱 들어맞는다. 다만 타당하긴 해도 결론은 맨 나중에 내려주길 바란다. 그만큼 내게는 결말내기까지 겪은 결이 다른 자잘한 고뇌가 그립고 소중하므로.

엄마는 단순한 병이라 결론짓고는 나의 색다른 증세에 흥미를 보이며 간호했다.

"찰떡을 얇게 잘라 구워서 미숫가루랑 같이 뜨거운 물에 타줄 테니 먹어보렴. 분명 가슴에 맺힌 응어리가 풀릴 거야."

"말린 서향꽃을 목욕물에 띄어줄게. 들어가면 좋은 향기에 마음을 뺏길 거야."

말은 안 해도 아마 엄마가 소녀 시절 걸렸던 기울증에는 그것들이 효과가 있었나 보다. 색, 소리, 향기, 맛, 촉각. 이 다섯 감각 가운데 엄마는 자신도 모르게 유독 후각을 중심으로 미각과 촉각을 통해 기울증의 답답함을 다스렸음을 내게 권하는 음식 종류를 보고 알았다. 싫어하는 음식은 아니었지만 나는 한 번에 보다 온전하면서도 순수하게 시원한 충족을 원했다.

"좀 더 몸을 푹 적셔줄 만한 음료는 없나?"

"촉촉이 손에 닿을 듯한 음악이 듣고 싶네."

엄마는 결국 두 손을 들고 말았다.

"남성용 박쥐우산을 꺼내주세요."

"샌들을 꺼내주세요."

"강 건너 복숭아를 보러 갈 거니까."

꼭 남자에 굶주려서는 아니었다. 그즈음 나룻배를 타고 맞은편 강 둔덕 찻집으로 가면 매일같이 시내에서 나를 만나러 오는 소년을 만날 수 있었다. 도중에 잠시 이젤을 세우고 강가 풍경을 그려대는 미술학도였다. 이 미소년은 불량스러운 척해도 속마음은 착한 도시 아이였다. 훗날 남편으로 맞이할 정도였으니 꽤 좋아하긴 했지만, 당시에는 마음속 욕구에 따른 하나의 대상일 뿐이었기에 그가 가엾고 불쌍했다.

찻집 안에서 쥐색 비단 옷깃을 단 감색 무명옷을 입은 미소년이 얼핏 움직였다. 오늘은 찻집 테이블에 앉아 술을 마셨다. 손짓으로 따라오지 말라는 신호를 보내자 그는 웃으며 순순히 다시 술을 들이켰다. 나는 강둑을 따라 상류 쪽으로 걸어갔다.

기다란 둑에는 아무도 없었다. 하천 개수 공사를 하느라 돌망태를 만드는 돌이며 대나무가 나뒹굴었다. 춥다는 생각은 안 들었는데 강가에 묶어둔 뗏목 옆에는 모닥불 연기가 피어올랐다. 모든 것이 물에 젖어 윤이 났다. 하얀 연기마저 액체처럼 올라갔다.

강 위쪽 수면은 온통 은회색 물안개로 덮였고, 그 아래 폭 넓은 물줄기가 살짝 탁하게 흘렀다. 둑이 무너진 곳에 널빤지를 덧대어 복숭아밭으로 내려갈 수 있게끔 해놓았다. 거기서 바라다보이는 둑과 언덕 사이 평지 일대와 언덕 아래 3분의 1 정도까지 복숭아나무가 심어져 있었다. 지금 한창 만발하는 복숭아꽃의 강렬한 색채에 조금 반감이 들었다. 발걸음을 멈추고 복숭아나무 숲을 바라보고 있자니 붉은 구름 같은 꽃잎에 보드라운 연둣빛 잎사귀가 사람을 그리워하는 게 느껴졌다. 마음이 풀려 박쥐우산을 접고 복숭아나무 숲으로 들어갔다.

큰맘 먹고 복숭아꽃 안으로 들어오자 모든 것을 다 잊어버렸다. 교태스럽게 해쓱한 연분홍빛 신비가 옷과 피부를 뚫고 들어와서 미각에 기분 좋은 차가움을 선사했다. 그 미각을 음미하는 혀가 몸속 어디에 있는지 몰라도 확실히 맛보았다. 이 복숭아를 마치 사람 이름 같은 '덴주로'라고 부른다는 사실이 생각나서 야릇해졌다. 나는 아하하 소리 내어 웃었다.

차가운 뭔가가 쉴 새 없이 얼굴에 닿았다. 개의치 않고 박쥐우산에 기댄 채 쭈그려 앉아 쉬었다. 우산 손잡이를 잡은 두 손 위에 턱을 괴고는 어떤 소리를 가만히 들었다. 본능이 그렇게 만들어 무언가를 들려주려는 듯했다. 복숭아나무가 자라는 지대는 대개 강모래가 가득 찬 가벼운 지층이다. 비 때문에 알맞게 수분을 머금은 모래 사이로 내 샌들은 맨발을 싣고 보들보들 내려앉았다. 똑, 똑. 꽃에 고인 빗방울이 모래에 떨어지는 소리를 들으니 꿈같은 오감이 어우러진 크고 아름다운 세계가 쿠션처럼 떠올라 온몸을 에워쌌다. 마음은 그대로 가라앉아 잠깐 꾸벅꾸벅 졸았다. 그렇게 황홀감에 잠겼다가 다시 찻집에 앉아 있는 미소년 앞을 손을 흔들며 지나쳐서 2층 내 방으로 돌아왔다.

나는 자신이 다른 사람과 다르다는 점 때문에 가끔씩 죽고 싶었다. 하지만 몸속에 품은 것을, 적어도 문장으로 매듭 짓기 전에는 죽을 수 없다고 생각했다. 책상 앞에서 엉엉 흐 겨이 울며 눈물을 흘렸다.

이탈리아 피렌체에서 '꽃의 성모 마리아' 성당을 본 적 있다. 온갖 색채 대리석을 모아 세운 이 성당은 햇빛을 받으면 광물이 꽃의 살결로 바뀐다. 성당이면서 꽃, 죽음이면서 생명이다. 게다가 아름답고 짙은 향기마저 느껴진다. 심리적 공감을 일으키는 이 역사상 예술의 증명을 바라보며 자신의 특이성에서 보편성을 찾아내며 삶을 견뎌내기로 다짐했다.

인간은 괴로워도 예술로 구원받으리라, 고.

" 그저 길이 향하는 대로,

구불거리는 대로

몸을 맡긴 채 걷고 있다. "

여름 들길

미즈노 센코 水野仙子

1888년 후쿠시마현 출생. 고등학교 시절부터 『소녀계』, 『여성문단』에 시가를 투고하다가 1909년 『문장세계』에 발표한 단편 「헛수고」가 자연주의 문학의 대가 다야마 가타이에게 극찬받았다. 그해 도쿄로 올라와 다야마 가타이의 문하생으로 들어갔고, 1910년 『중앙공론』에 「물결」, 「딸」을 연이어 선보이며 작가의 길로 들어섰다. 「밤 파도」, 「산책」 등 현실 그대로의 진실을 그린 자연주의 작품으로 명성을 쌓았다. 1915년 요미우리신문사에 입사하지만 흉막염으로 퇴사, 고향으로 돌아와 요양하며 창작 활동을 이어가던 중 1919년 5월 31일 병세가 악화해 서른한 살이라는 젊은 나이로 생을 마감했다.
「여름 들길」은 1910년 10월 잡지 『여성문단』에 실린 글이다.

평평하게 때론 넓고 좁게 꾸불꾸불한 풀숲 그늘에 숨어 있다가 바삭바삭 하얗게 드러나는 시골길에 우유 배달부 자전거가 새로이 바퀴 자국을 흐릿하게 새기고 갔다. 하얀 각반에 하얀 겉옷, 까만 공단 허리띠에 옷자락을 걷어 올린 통통한 여인이 봇짐을 어깨에 비스듬히 걸친 채 비슷한 차림새의 두 남자와 함께 수건으로 땀을 닦으며 스쳐 지나갔다. 사찰 순례자들인 모양이다.

뜨뜻미지근한 바람이 살랑살랑 불어오자 길가 양쪽 호박밭에서 둥근 잎사귀가 찰랑이며 일제히 새하얀 뒷면을 드러낸다. 샛노란 꽃 사이사이 아직 시든 꽃잎이 달린 푸르고 못생긴 열매가 보였다 안 보였다 한다. 잘 손질된 들판에 드러누운 보리밭 두렁에는 보랏빛으로 물든 가지가 가득하고, 어느 밭에는 팥인지 부드러운 이파리가 한들한들 흔들린다. 오이 덩굴이 위를 향해 뻗쳐 올라가고 분가루를 칠한 자그마한 열매가 잎 그늘 속 여기저기에 매달려 있다. 감자밭과 무밭 귀퉁이에는 솎아내기를 끝낸 대파가 자란다. 정강이 깊숙이 진흙에 빠져 논바닥을 뒤적거리는 사람 그림자가 싱싱한 푸른 잎과 함께 일렁인다.

나무 그늘을 따라 어느덧 풀이 무성한 길을 벗어나니 엉겅퀴와 장딸기가 제일 먼저 눈에 들어왔다. 이어 새까맣게 짙은 초록빛 나지막한 삼나무 숲과 쑥쑥 뻗은 갈대밭 너머로 새로 지은 집이 보였다. 울타리 안에는 흰색과 검은색이 섞인 얼룩소와 갈색 반점이 찍힌 암소가 누웠다가 일어났다 하며 나른한 듯 몸을 뒤척인다.

졸참나무 수풀에 난 오솔길을 빠져나오니 사람 발소리에 깜짝 놀라 이쪽 가지에서 저쪽 가지로 달아나는 작은 새의 날갯소리, 그 갑작스러운 소란에 나도 적잖이 당황한다. 살짝 축축한 풀이 우거진 길에 햇빛이 이따금 비친다. 바람이 불면 소리 없이 나부끼는 풀이지만 나름대로 소리가 있다. 낙엽 밟는 울림과 다른 그 산들거림은 푸른 잎 가득한 좁다란 길을 헤치고 걸어가 봐야 비로소 알 수 있다.

벗어나면 억새밭에 몸이 숨겨지는 것도 잠시 다시금 서늘한 대숲 사이로 길은 이어진다. 밑동에서 껍질을 뚫고 솟아난 올해 죽순이 생장력을 파릇파릇 뽐내며 키를 다툰다. 머지않아 초가집 한두 채가 푸른 잎을 감싸듯이 나타났다.

낮은 처마 앞에는 주홍빛 석류꽃과 공처럼 동그란 수국이 한창이다. 옆에는 사람들이 고개를 숙이고 저마다 일하느라 바쁘다. 아직 싱싱한 흙투성이 감자가 발그스름한 빛을 발하며 산더미처럼 쌓였다. 다들 발소리가 들리자 얼굴을 치켜들고 나를 바라본다. 뭔가를 콕콕 쪼아 먹던 닭 무리가 땀

닦는 손수건을 펄럭이자 겁에 질려 동백나무 울타리 아래로 기어든다. 떡갈나무를 정성껏 쌓아둔 거적 밑에는 작년에 떨어진 떡갈나무 낙엽이 썩지도 않고 삐져나와 있다.

어느새 조금 널찍한 시골길과 만나 정처 없이 걷다 보니 길모퉁이에 집 한두 채가 보였다. "자, 43전 5리!" 느닷없이 꾀죄죄한 옷차림을 한 여자가 소리치며 어느 집 앞에 선다. 낡아 찌든 가판대에 성냥이랑 담배랑 과자 따위가 놓인 가운데 '화양과자'라고 적힌 커다란 상자를 실은 짐수레 옆에서 "매번 고마워"라고 말하며 상자 뚜껑을 쾅 하고 닫는다. "43전 5리, 맞죠? 잘 세어보세요." 등 뒤로 동전 소리가 높지막이 울려 퍼진다.

자꾸 하품이 입 밖으로 술술 나왔다. 그제야 느껴지는 다리의 피로. 집으로 돌아갈 생각도 없고 또 어디로 갈지 정한 바 없이 그저 길이 향하는 대로, 구불거리는 대로 몸을 맡긴 채 걷고 있다. 이렇게 오늘도 오후 일과인 산책을 이어간다.

그러다 우연히 산어귀에 자리한 오래된 불당과 마주쳤다. 뽕나무 이파리가 울창한 담을 끼고 옆으로 들어가니 소나무, 벚나무, 전나무가 만든 그늘 아래 비질 자국이 구석구석 시원스레 나 있다. 정면에 걸린 부동명왕과 금문자가 새겨진 편액을 올려다보며 시험 삼아 추녀에 매달린 종을 쳐보자

둔탁한 소리가 의외로 나지막이 울려 퍼진다. 그 순간 하얀 비둘기 한 마리가 불당 안으로 날아가는 소리가 들린다.

신발 소리가 나지 않도록 조심조심 다가가서 어두운 격자 창 안을 들여다보니 불길 속 검을 손에 들고 선 부동명왕 불상을 중앙에 두고 붉은 장막 위로 문장이 그려진 북이니 제등이니 놋쇠 등잔 등이 장식되어 있다. 어둠 속에서 홀로 빛나는 거울에는 푸른 잎 그림자가 비친다.

봉납된 편액을 쭉 둘러보다가 제일 먼저 눈에 들어온 것은 모란꽃에 사자 문양이 새겨진 커다란 편액으로 "덴메이 2 임인년 7월 길상일"이라고 적혀 있다. 가토 기요마사 장군이 호랑이를 사냥하는 귀여운 편액, 러일전쟁에 출정한 마을 사람 이름이 즐비하게 적힌 편액도 보인다. 씨름꾼과 줄풀로 감싼 술통과 커다란 자물쇠 그리고 부동명왕을 향해 손을 모은 남자가 담긴 편액은 금주를 다짐하며 올렸겠지 싶어 빙그레 웃음이 절로 난다. "메이와 5 무자년 길일, 기원인 이치무라좌 도메바시 우에몬"이란 글자를 가까스로 읽어낸 오래된 편액에는 노래하며 춤추는 무희와 영주로 보이는 남자 그리고 바둑판을 어깨에 멘 하인이 그려져 있다. 얼굴에 칠한 하얀 호분만이 선명하다.

그중 신기한 편액이 하나 눈에 띄었다. 크기는 2미터 남짓, 안장을 얹은 밤색 말이 뭔가에 놀랐는지 휘둥그레진 눈을 한 채 마구 날뛰고 나그네 차림의 남자가 말 다리에 밟혀 바닥에 쓰러져 있다. 옆에서 삿갓을 쓰거나 함을 어깨에 짊어진 남자 두세 명이 당황해하는 가운데 고삐를 잡은 마부의 허둥대는 얼굴이 익살스럽다. 더 자세히 살펴보니 마부 뒤에 민소매를 입은 사내아이가 연을 손에 들고 도망가려는 참이다.

오른쪽에는 돌담과 대나무 울타리와 소나무가 보이고 그 아래 바닥에 쓰러진 남자와 똑같은 옷을 입은 남자가 이부자리를 펴고 누워 잔다. 머리맡 쟁반에 약봉지와 찻잔이 하나 놓인 것은 병상을 의미하리라. 주위를 에워싼 두 폭 병풍 그늘에는 연노랑 보따리가 나뒹군다. 저 멀리 위에는 동자 두 명을 거느린 부동명왕이 구름을 타고 내려온다.

왼쪽 구석에는 궁이 자리 잡았다. 소매 속에 다소곳이 손을 넣은 아내가 줄무늬 옷을 입은 남편과 아이 그리고 하인을 데리고 문기둥을 빠져나가는 중이다.

전체에 입힌 금박과 군청색, 주홍색, 흰색 같은 밝은색이 잘 어울려서 상당히 화려했다. 내용도 구체적이라 의미가 금세 이해됐다. 홀로 흥이 나서 한층 더 하나하나 뜯어보다가 옆에 에도시대 서체로 쓰인 소개문이 눈에 들어왔다. 글이 적힌 널빤지가 오래돼 낡은 데다 군데군데 얼룩이 져서 아무리 눈을 크게 뜨고 들여다봐도 다 읽을 수는 없었다.

"간에이 4년 1월, 혼다 님의 행차……"까지만 읽힐 뿐 그다음은 모르겠고 이어 "스물다섯 살 봄에 가업을 이어받아 여러 일을 해결하고 또 실패하다. 어린 시절, 연날리기를 하다가 연줄이 갑자기 말 머리에 걸리는 바람에 말이 깜짝 놀라…… 저는 실신하여…… 겨우 정신을 차려보니 다리뼈가 견딜 수 없이 아팠기에 아주 먼 곳에 사는 의사를 부랴부랴 찾아가기도 하고 갖가지 보양식을 먹었음에도 전혀 차도가 없어 고생……."

여기까지 읽고 나니 목이 뻐근했다. 눈물이 날 만큼 뻑뻑한 눈을 비비며 글자를 좀 더 읽어내려고 애썼다.

"어느 날 밤, 부모님이 꿈을 꾸고 나서 왠지 모르게 아팠던 몸이 원래대로 건강해지다…… 감사하는 마음을 담아 부동명왕의 계시를 염불하고 절을 참배하다…… 건강을 되찾은 후 가업을 이어 궁궐 출입은 물론 만사형통하니 모든 것이 부동명왕의 덕분이라 점점 더 감사하여 오른쪽 편액을 봉납한다. 안세이 4 정사년 1월 1일."

눈이 빠져라 내리읽은 탓에 후끈후끈 쓰린 눈을 깜박이며 다시 한번 편액을 쭉 훑어봤다. 아무래도 너무 오랫동안 위만 쳐다봤나 보다. 목이 뻐개질 듯이 아팠다. 훌쩍 밖으로 나와 경내를 가로질러 걸어가는데, 소나무 밑동을 둘러싼 돌에 새겨진 누가 지었는지 모를 하이쿠*가 눈에 들어왔다. 이번에는 그 돌 앞에 웅크리고 앉아 찬찬히 음미했다.

봄날 긴긴 해 산골짜기 지나는 종이 짚신짝

어느새 저녁 햇빛이 나무 사이로 비쳤다. 잎사귀란 잎사귀는 죄다 바람에 살랑살랑 흔들렸다. 유달리 해 질 녘이면 바람은 무사시노 들판 위를 소곤소곤 지나간다.

* 5·7·5의 17음으로 이루어진 일본 고유 정형시.

어느 날 점심

와카야마 보쿠스이 若山牧水

1885년 미야자키현 출생. 1904년 와세다대 영문과에 입학, 기타하라 하쿠슈 등과 함께 동인지 『북두』를 창간해 단가를 발표했다. 1908년 첫 가집 『바닷소리』를 출간한 뒤 신문사에 입사하지만 반년도 안 돼 그만뒀다. 이후 가인으로 살아가며 맑은 언어 속에 인생과 자연을 노래해 호평받았다. 1920년 여행 갔던 시즈오카현 누마즈시에 반해 가족을 데리고 이사했다. 여행을 좋아해 전국을 돌아다니며 단가를 읊고 글을 썼는데, 만년에는 『강 위쪽 기행』, 『초겨울 기행』 등 기행문도 다수 남겼다. 1928년 9월 17일 마흔세 살에 간경변으로 세상을 떠났다.

「어느 날 점심」은 1925년 2월 출간된 『수목과 그 잎』에 실린 글이다.

어느 날 오전 11시께, 어떻게 쓸지 고민하던 급한 원고와 마감을 재촉하는 전보와 작은 시계를 책상 위에 늘어놓은 채 납덩이 같은 고통에 시달렸다.

책상에 두 팔꿈치를 얹고 창밖을 바라보는데 벚꽃이 하염 없이 떨어진다. 작은 창으로 보는 동안 한 장 두 장 또는 한 꺼번에 주르르 져서 산산이 흩어진다. 그 꽃잎이 안 보이는 한순간조차 없도록 팔랑팔랑, 나풀나풀, 팔랑팔랑, 나풀나 풀. 흐린 날 축축한 공기 속에 어쩐지 차가운 감촉으로 잇달 아 휘날린다. 뜰 앞쪽에 늘어선 오래된 벚나무 가지에는 아 직 꽃이 잔뜩 달려 있지만, 오늘은 이미 어제의 진한 색이 아니다. 언뜻 봐도 희읍스름하다. 그 색바랜 꽃 뭉치에서 한 없이 작은 꽃잎이 나부낀다.

"올해 벚꽃도 오늘로 끝인가."

결국 펜을 원고지 위에 내려놓고 일어났다. 그러고는 창가 에 놓인 의자에 걸터앉았다. 창 아래 뜰도 텃밭도 온통 새하 얗다. 이따금 주변 나무에 바람이 쌀쌀맞게 불어오면 눈앞 에서 소용돌이가 일고 꽃잎 눈보라가 몰아친다.

몸을 살짝 앞으로 구부리자 순백 벚나무 사이로 가누키산 이 보인다. 그 둥그스름한 산을 에워싼 어린 소나무가 우거진 숲도 요 며칠 갑자기 봄기운이 넘쳐흘렀다, 아니 여름다워졌다. 산 한쪽에 자리한 잔솔밭 색이 그 느낌을 또렷이 말해준다. 검은빛이 감도는 가운데 보얀 녹청색을 내뿜는다.

왠지 모르게 마음이 차분하게 가라앉았다. 동시에 푸르른 산이 못 견디게 그리웠다. 시계를 보니 그럭저럭 12시다. 이런저런 생각 끝에 의자에서 일어섰다. 거실로 나오니 아내는 바느질 도구를 정리하는 참이었다. 어린 두 딸도 점심을 먹으러 벌써 건너와 있었다.

"미안한데 주먹밥 세 개 정도만 싸주지 않겠어? 김을 둘둘 말아……."

이상한 듯 이쪽을 올려다본 아내는 이윽고 웃으며 물었다.

"어디 가게요?"

"산에서 점심을 먹고 오려고. 위스키, 아직 있지?"

기다란 술병을 꺼내 보니 바닥에 조금 술이 남았길래 휴대용 작은 빈 병에 옮겨 담았다. 자리에 앉지도 않고 기다리다가 새까만 주먹밥을 건네받았다.

"반찬은 뭐로……."

"단무지나 두껍게 썰어 듬뿍 넣어줘."

나는 주먹밥과 단무지를 신문지로 싸서 품에 안고 뒷문을 통해 밖으로 나왔다.

밭을 곧장 가로지르면 가누키산 기슭까지 500미터도 되지 않았다. 밭에는 이미 농부들이 나와 일을 했다. 보리는 이삭을 배었고 완두콩은 짙은 보랏빛 꽃을 피웠다. 근처 농가에서 날아왔는지 땅바닥에 벚꽃들이 떨어져 있었다. 오래된 절 뒤편을 지나는 오르막길은, 이 해발 200미터짜리 작은 산을 오르는 네댓 길 중 가장 험했다. 하지만 우리 집에서 가장 가까운 경로였다.

가누키산은 동산이래도 바다 가까운 평야에 홀로 우뚝 솟은지라 맨 꼭대기에 서면 먼 곳까지 바라다보인다. 북동쪽으로는 바로 위 후지산이 보이는데, 산세보다 산기슭을 따라 완만하게 경사진 넓은 들판이 더 운치 있다. 점점 높아지는 아시타카와 아시가라 산골짜기보다 후지산과 이어지는 들판이 훨씬 멀건만 25킬로미터 남짓 거리까지 눈에 들어온다.

그날은 정상까지 올라갈 생각은 없었다. 자칫 마음이 흐트러지기 쉬웠기 때문이다. 그래서 중턱 우묵한 곳에 다다르자 신문지로 싼 도시락을 내려놓았다.

역시 다른 곳과 마찬가지로 온통 어린 소나무가 자랐고, 그 아래로 마른풀이 알맞게 땅을 덮었다. 자주 가는 장소라 아마 내가 피우다가 버렸을 담배꽁초 따위가 나무 그늘에 나뒹굴었다. 말라붙은 귤껍질도 보였다. 앉아서 바다를 전망하기에 그만이었다. 특히 넓은 스루가만 일대보다 바로 눈 아래 내려다보이는 길쭉한 에노우라만을 감상하기에 더할 나위 없이 좋았다.

"어휴, 아이고⋯⋯."

아무 일도 없이 혼잣말을 중얼거리며 담배에 불을 붙였다.

에노우라만 너머 맞은편 이즈 연산에는 묵직한 하얀 구름이 걸려 있었다. 위로는 진하게, 아래로는 연하게. 그리고 연한 곳만이 어렴풋이 움직였다. 산 그림자가 드리운 바다는 자못 싸늘하게 녹슬어 어디를 건드려도 잔물결조차 일지 않을 것 같았다. 이상하게도 평소 으레 두세 척쯤 보이는 동력선이나 조각배조차 하나 없었다. 만을 따라 이쪽 기다란 솔밭 그늘 아래 꽃받침만 남은 복숭아밭이 습한 공기 속에 으스스한 붉은빛을 머금고 이어졌다.

주머니에서 작은 병을 꺼내 위스키를 한두 잔 따라 마셨다. 무거운 구름을 뚫고 어디선가 불어오는 바람은 산 위인 만큼 꽤 쌀쌀했다. 한 잔 두 잔 들이켜는 사이 뭔가 차가운 물질이 이마에 똑 떨어졌다. 정신을 차려보니 소매나 양말에도 작은 빗방울이 내렸다. 머리 위 하늘은 여전히 이루 말할 수 없이 푸르디푸르다. 나는 그대로 멍하니 바다를 바라보며 술잔을 핥았다. 몇 번이나 따라 마신 탓에 취기가 올랐다. 점차 마음이 차분해지고 눈이 밝아진다.

하지만 끝내 근처 잎이 무성한 소나무 그늘 아래로 몸을 피했다. 갑자기 빗방울이 굵어지고 사나워져 더는 버틸 수 없었다. 그래도 가라앉은 마음이 흐트러질 만큼 아주 세찬 비는 아니었다. 소나무 그늘 속으로 들어가니 아쉽게도 바다는 보이지 않았다. 게다가 어린 소나무라 똑바로 앉지조차 못했다. 구부정하게 앉아 작은 병에 담긴 술을 마시는데 이상하리만치 줄어들지 않았다. 한 손에 병을 든 채 다른 한 손으로 신문 꾸러미를 열어 단무지를 집어 먹고 술을 들이켜고, 주먹밥을 베어 물고 들이켜도 좀처럼 떨어지지 않았다.

차츰차츰 주위 솔잎이 젖어 갔다. 어린 소나무는 저마다 나뭇가지에 올해 새로 나온 싹이 희끄무레하게 소복이 자랐다. 연두색 위에 하얀 가루를 뿌린 듯한 부드러운 싹 끝에는 어김없이 분홍색이나 붉은색 작은 구슬이 서너 알씩 달렸다. 이슬만 한 크기로 아름다운 붉은색도 있고 이미 솔방울 모양을 한 분홍색도 있다. 그 위로 비가 은은하게 내렸다. 마른풀에는 풀명자가 새빨간 꽃을 피웠다. 젖은 땅바닥에 들러붙어서는 아까울 만큼 청아한 색을 뽐냈다.

모자챙 쪽으로 늘어진 솔잎 끝에서 물방울이 똑똑 떨어졌다. 겉옷 소매는 아직 많이 젖지 않았다. 몇 번이나 들여다본 병 안에는 아직 술이 조금 남았다. 오히려 주먹밥이 먼저 사라졌다. 마음은 더욱더 고요하고 밝아서 나무든 풀이든 눈앞에서 내리는 뽀얀 산비든 전부 더없이 아름답게 보였다.

"제비다!"

엉겁결에 소리쳤다. 산등성이에 내려앉았다가 다시 하늘 높이 훨훨 날아오르는 작은 새, 올해 처음 만나는 제비였다.

"왔구나!"

소나무 그늘 아래에서 기어 나왔다. 한 마리, 두 마리, 세 마리가 연이어 가뿐한 몸을 이끌고 잔솔밭을 건너갔다.

다행히 비가 그쳤다. 아까까지만 해도 하얀 구름 아래 산 그림자가 드리웠던 바다가 갑자기 반짝반짝 빛났다. 산기슭 가까운 바닷물이 새파란 칼날 같은 푸른빛을 머금고 한쪽 너른 수면에 잔물결이 살랑살랑 일었다.

" 마음이 차분하게 가라앉았다.

동시에 푸르른 산이 못 견디게 그리웠다.

시계를 보니 그럭저럭 12시다.

이런저런 생각 끝에 의자에서 일어섰다. "

와카야마 보쿠스이

보리밭

시마자키 도손島崎藤村

1872년 기후현 출생. 1892년 고등학교 영어 교사로 재직하며 동인지 『문학
계』를 창간해 시를 발표했다. 1897년 『약채집』을 비롯해 시집 네 권을 잇따
라 내며 낭만주의 시인으로 명성을 떨쳤다. 1899년 나가노현 고모리에서 교
사 생활을 하며 자연을 있는 그대로 묘사한 글을 쓰기 시작, 1906년 『파계』
로 자연주의 문학을 대표하는 작가로 올라섰다. 1913년 프랑스로 건너갔다
가 1916년 돌아와 『신생』, 『고향』 등을 선보였다. 1929년부터 1935년까지
『중앙공론』에 산속 역참 마을을 배경으로 한 역사소설 『동트기 전』을 연재
해 극찬받았다. 1943년 8월 22일 일흔한 살에 뇌출혈로 세상을 떠났다.
「보리밭」은 1912년 12월 출간된 『지쿠마강 스케치』에 실린 글이다.

푸른 들판에 찌는 듯한 햇빛이 가득하다. 여기저기 밭가에 솟은 나무가 싱싱한 새잎을 달고 있다. 종달새와 참새 울음소리에 섞여 날카로운 개개비 우는 소리가 들린다. 화산 기슭 비탈을 일궈 만든 근처 논밭은 모두 돌을 쌓아 옹벽을 친다. 그 돌벽이 바야흐로 잡초 이파리로 장식되는 때다. 옹벽과 더불어 많은 것은 감나무다. 노란빛 도는 투명한 감나무 어린잎 그늘을 지나면 더없이 기분이 좋다.

고모로 시내는 이 비탈을 따라 홋코쿠가도* 양쪽으로 가늘고 길게 발달한 도시다. 혼마치와 아라마치 마을은 고가쿠지 절을 경계로 양쪽으로 구부러져 크고 작은 상가가 있고, 그 양끝에 이치마치와 요라마치 마을이 자리한다.

나는 혼마치 뒤편에서 정거장과 함께 개통한 아이오이초 포장도로를 가로질러 옛 사족 저택이 남은 후쿠로마치를 빠져나와 논밭 옆 오솔길로 들어섰다. 거기까지 가면 아라마치와 요라마치로 이어지는 집집이 지붕 전경이 한눈에 바라보인다. 흰 벽이며 흙벽이 초록색 나뭇잎에 파묻혔다.

논가 풀 위에는 일하느라 지쳤는지 흙투성이 다리를 쭉 뻗고 누워 잠자는 남자가 있었다. 청보리 이삭이 황록색으

---

* 가루이자와에서 나가노를 거쳐 니가타에 이르는 산길.

로 익어 가고 하얀 무꽃이 흐드러지게 피었다. 옹벽과 풀밭 사이를 지나 자갈이 잔뜩 깔린 오솔길을 걸어갔다. 어느새 요라마치에 가까운 보리밭이 나왔다.

어린 매가 머리 위로 날아올랐다. 풀이 우거진 곳을 골라 흙냄새를 맡으며 드러누웠다. 습기를 머금은 바람이 불어오자 보리 이삭과 이삭이 서로 스치며 속삭이는 듯한 소리를 낸다. 그리고 밭에 나와 보리를 베는 농부의 낫질 소리…… 귀를 기울이니 골짜기 밑으로 떨어져 흐르는 가느다란 물소리도 들린다. 그 물줄기에 섞여 흘러가는 모래를 상상하며 잠시 물소리를 듣는다. 하지만 들쥐처럼 혼자 풀 속에 그리 오래 머무를 수는 없다. 젖빛으로 흐려지며 빛나는 하늘 따위가 마음을 들쑤신다. 자연은, 내게 있어 아무래도 오랫동안 응시할 수 없는 존재다. …… 어쩌면 도망쳐버리고 싶은지도 모른다.

나는 일어섰다. 미지근한 바람이 보리밭을 건너 불어오자 내 머리카락은 휘날리며 이마를 덮는다. 손에 든 모자를 썼다. 보리밭 속에서 아이들이 뛰어놀았다. 손등까지 오는 토시를 끼고 연두색 끈으로 옷소매를 올려 묶고는 두 팔을 열심히 움직이며 일하는 여자가 보였다. 풀밭 위에 눕혀진 갓난아기가 잠에서 깨어 갑자기 울기 시작하자 젊은 엄마는 괭이를 놓고 갓난아기 쪽으로 달려간다. 그러고는 밭 가운데 걸터앉아 갓난아기를 품에 안고 젖을 먹인다. 천진난만한 그림을 보는 듯해 한동안 멈춰 서서 그 모자를 바라봤다. 한 할머니가 풀밭에 자란 잡초를 베서 어깨에 둘러메고 집으로 향한다.

요라마치 뒷들을 거닐다가 밭으로 일하러 나가는 K 군과 마주쳤다. K 군은 키가 작고 성격이 쾌활한 사람으로 막 아내를 맞아들인 참이다. 언젠가는 신시대 고모로를 만들어 갈 젊은이 중 한 명이라 고장 사람들의 기대를 한 몸에 받았다. 이런 청년이 밭을 일군다는 사실이 기뻤다.

반백 머리에 움푹 들어간 눈, 오뚝한 코, 뼈마디가 굵은 커다란 손을 가진 노인이 우리 앞을 인사하며 지나갔다. 허리춤에 사슴뿔 조각이 달린 큼지막한 담배쌈지를 차고 있다. K 군은 그 노인을 가리키며 이 근방에서 제일가는 농사꾼이라고 알려줬다. 노인은 가다가 뭔가 생각난 듯 뒤돌더니 희고 짧은 수염을 내리쓸며 웃어 보였다. 거름통을 등에 짊어진 사내가 밭둑을 걸어간다. K 군은 그 사내를 보며 저 거름통 밑에는 필시 훔친 파가 들었으리라고 웃으며 말했다. 그다음 붉은빛 도는 백발에 회색 눈동자, 술을 좋아하는지 얼굴이 불그레한 농부도 만났다.

아사마산 기슭

와카스기 도리코 若杉鳥子

1892년 도쿄도 출생. 어린 시절부터 『여성문단』, 『문장세계』에 작품을 투고하며 작가를 꿈꿨다. 1909년 신문사 기자로 입사, 동인지 『창작』에서 활동하며 미즈노 센코, 이마이 구니코와 돈독한 우정을 쌓았다. 1925년 『문예전선』에 발표한 단편 「열일」이 호평받는 한편 프롤레타리아 작가동맹에 가입해 미야모토 유리코, 사타 이네코 등과 『일하는 여인』 편집을 담당했다. 1933년 치안유지법 위반으로 투옥됐다 풀려나지만 지병인 기관지천식이 악화돼 고생했다. 학대받고 운명에 농락당하는 인간 모습을 사실적으로 그린 소설을 쓰다가 1937년 12월 18일 마흔다섯 살에 생을 마감했다.
「아사마산 기슭」은 1934년 7월 미야코신문에 실린 글이다.

어두운 낙엽송 숲속에서 쉴 새 없이 뻐꾸기가 울어댔다. 단조로운 사람을 따르는 그 메아리가 또 건너편 산에서 들려왔다. 7월이라 개울물 소리에 섞여 휘파람새가 요란스레 재잘거렸다. 아사마산은 휘파람새가 참새만큼이나 흔하디흔하다.

골짜기에 우거진 수풀을 헤치고 나가자 폐가 한 채가 보였다. 어두컴컴한 내부에는 푸른 이끼가 썩어 끈적끈적하게 문드러진 욕조에서 물이 콸콸 흘러넘쳤다. 사람 손길이 닿지 않은 온천물은 홈통을 타고 바깥 징검돌 위로 떨어져 기다란 물줄기를 이루며 갈대밭으로 흘러갔다. 발을 담그니 미지근한 물이 가는 털에 노랗게 휘감기며 유황 향이 감돌았다. 꽃은 아직 계절이 이른지 제비붓꽃이나 붉은 파리풀 정도밖에 피지 않았다. 군데군데 이 고장 사람이 소주에 넣어 먹는다는 까치밥나무 열매가 파랗고 투명한 눈깔사탕처럼 달려 있었다. 때때로 찔레나무가 숨 막히게 진한 향기를 보내왔다.

자작나무와 낙엽송 사이로 용암이 흩어진 길을 올라가자 갑자기 평평한 언덕이 나왔다. 아사마산은 이미 눈앞에서 연기를 내뿜었다. 멀리서 보면 아사마산은 그저 완만하고 단정하게 옷자락을 끌지만, 가까이에서 보면 자신의 이력을 말하듯 초록색 윗도리를 활짝 벌리고 불탄 딱딱한 적갈색 속살을 드러낸다.

내가 그날 묵은 집은 병원이자 여관인 곳이었다. 아니 주택이자 병원이라고 하는 편이 적당할지도 모른다. 병원 냄새가 너무 나지 않도록 소독액도 냄새 안 나는 비싼 제품을 사용한다고 했는데, 아사마산 꼭대기를 앞에 둔 오래된 시골집이 병동이었다. 아침 일찍부터 농사일하는 할머니들이 아픈 아이를 업고 먼 길을 걸어왔다. 진찰받으러 온 할머니가 말하기를,

"예전에는 말여, 쫌 중한 환자라면 나가노까지 가기도 했당께. 근데 요즘은 말여, 맹장이든 뭐든 이곳에서 수술해주니 을메나 좋은지. 그러니께 다들 튼튼하당께."

그 고마운 원장은 어떤 사람이냐면 외과 수술이 많다고 하니 누구나 외과 의사의 전형을 상상하겠지만 영 딴판이다. 둥글게 틀어 올린 머리를 새빨간 얼룩무늬 끈으로 동여맨 아주 단아한 미인이다.

다음 날 산에서 내려와 고모로 시내에서 그림엽서를 샀다. 「지쿠마강 여정의 노래」란 시를 새긴 비석에 작가 시마자키 도손을 클로즈업한 사진을 곁들인. 시마자키 도손은 영화배우로 착각할 만큼 위엄스러웠다. 여기까지 온 김에 노

랫말처럼 "고모로 옛 성 부근"을 걸어보고 싶었다. 거리를 지나는 사람에게 위치를 물었더니 모른다고 했다. 이번에는 이발소에 들어가서 물어봤다. 그러자 주인이 면도칼을 든 채 밖까지 나와서 씩 웃으며 알려줬다. 별 시답지 않은 걸 보러 오는구나 하는 표정이었다.

역 앞에서 흰 벽과 흙벽으로 된 집들을 돌아 건널목을 건너니 '가이코엔'이라 불리는 성터가 나왔다. 도쿠가와 이에사토가 큼지막하게 쓴 '懷古園가이코엔' 편액이 성문 위에 걸렸고, 성문 옆에 팻말이 붙어 있었다.

"겐나 원년 센고쿠 히데히사 축성, 간포 2년 대홍수로 유실, 다시 메이와 2년 마키노 야스미쓰에 의해 개축 운운."

입구 찻집 할아버지에게 "시마자키 씨의 노래비는 어디쯤 있나요?"라고 묻자 동물원을 지나 다리를 건너 마장을 가로질러 걸어가면 바로라고 했다. 성안은 과연 오래된 나무가 무성했다. 사슴이 사는 계곡에 내려와 보니 낮인데도 어두웠다. 서늘한 절벽가에 사슴이 무기 징역수처럼 우울하게 꾸무럭거렸다. 오르막길을 올라 동물원이 자리한 평지로 나왔다. 원숭이와 곰이 더운지 우리 안을 몸부림치며 돌아다녔고 라디오에서 재즈 소리가 흘러나왔다. 산책의 감흥이고 뭐고 하나도 느껴지지 않았다.

할아버지가 말했던 다리는 이름이 '시라쓰라하시'로 계곡에 걸쳐진 출렁다리였다. 밟으면 비틀비틀 흔들렸고, 아이가 뛰어가면 난간이 삐걱삐걱 소리를 냈다. 아래는 캄캄한 골짜기. 커다란 굴거리나무가 골짜기 바닥에서부터 다리 위까지 목을 쭉 뻗었다. 옛날에는 어떤 풍채의 사람이 오갔을까. 무사니 하인이니 궁중 하녀니…… 그 시절에는 물론 칡이나 뭔가로 만들어 더 위험한 다리였을 게 틀림없다. 그래도 눈이 오면 아름다운 풍경이 펼쳐졌겠지. 이 점에서 겨우 동화적 분위기를 맛봤다.

퐁텐블로 숲에 있는 밀레와 루소 기념비를 본떠 천연석에 돌판을 끼워 넣은 '지쿠마강 여정의 노래' 비석은 성터 절벽 위에 있었다. "지쿠마강 일렁이는 물결"이라는 지쿠마강보다 바로 앞에 새로 생긴 실 공장 건물이 내 눈과 훨씬 가까웠다. 맞은편 푸른 언덕 아래 굽이굽이 흘러가는 지쿠마 강물은 주위를 둘러싼 나이 든 소나무 사이로 솟구치는 거품처럼 하얗게 비칠 뿐이었다.

성은 대개 높은 곳에 쌓지만 고모로성은 '굴성'이라고 해서 지쿠마강을 이용한 운송을 고려해 낮은 곳에 지었다. 이러한 축성법은 일본 역사상 유례가 없다고 그 고장 청년이 말해줬다. 지금은 더는 그럴듯한 성도 없고 돌담만 보인다.

노래비 옆에 잠시 걸터앉아 있는데 함께 올라온 여름 원피스 차림으로 양산을 든 아가씨들이 내 쪽으로 다가와 휴식을 취했다. 그녀들은 노래비를 한 번 힐끗 보고는 주변 경치를 내려다보며 이야기를 나눴다. 한 명이 왼쪽에 보이는 괴물처럼 드러누운 거대한 방수로 세 개를 가리키며 "시나노강이 동양 제일이래요, 여기 수력 전기 방수로는 일본 제일이고요, 굉장하죠?" 감동을 담아 자랑했다. 상대방이 "설마요" 하며 웃었더니 진지한 얼굴로 "정말이에요"라고 했다. 이러다간 이 옛 성터도 곧 옛날을 그리워하는 분위기는 사라지고 공장 매연으로 뒤덮이리라고 생각했다.

" 가까이 다가가
진한 향기를 맡으며
작은 가지를 꺾었다. "

찔레나무

데라다 도라히코 寺田寅彦

데라다 도라히코는 『두견』에 하이쿠와 수필을 발표하며 본격적으로 문필 활동을 시작했다. 자연이나 인간과 관계되는 모든 것을 과학자로서 세밀하게 관찰하고 담담한 필체로 생생하게 묘사한 그의 사생문은 문학계에 새로운 바람을 불어넣었다. 특히 '자연과 인생'이라는 주제 아래 식물과 관련된 과거 경험을 풀어낸 「도토리」, 「용설란」은 초기 사생문의 백미로 꼽힌다.
「찔레나무」는 1908년 10월 잡지 『두견』에 실린 글이다.

여름에 산길을 걸었을 때의 일이다. 고개를 넘고 나자 갑자기 바람이 그쳐서 후덥지근했다. 좁은 산골짜기를 따라 층층이 늘어선 논 가장자리를 누비는 오솔길에 잠자리 날개가 반짝이고 때때로 뱀이 앞쪽에서 기어 나온다. 골짜기를 덮은 검은빛 띤 푸른 하늘에 이따금 하얀 구름이 스쳐 지나가지만, 그저 이곳저곳 산봉우리에 쪽빛 그림자를 그리며 지나갈 뿐이다.

목이 말라서 견딜 수 없었다. 길가 논 가장자리에 작은 개울이 흐르는데 쇳내가 났다. 수면이 온통 시퍼레서 희미한 햇빛이 되비쳤다. 걸어가다가 한쪽 수풀 속에 길을 가로질러 논으로 흘러가는 맑은 시내를 발견했을 때는 괜스레 기뻤다. 신발 신은 채로 냉큼 발을 담그니 시원함이 온몸에 스며들었다.

길가에서 수풀을 헤치고 좀 더 들어가자 유달리 떡갈나무와 졸참나무가 울창하게 우거져 거무스름했다. 이끼가 축축하고 실고사리가 땅에 붙어 뻗어 있다. 벼랑에서 스며 나오는 물은 아름다운 풀고사리 잎끝에서 똑똑 떨어져 아래 바위 홈에 고이고 나머지 물은 흘러넘쳐 이끼 밑으로 빠져나가 흐른다. 자그마한 대나무 국자가 둥둥 뜬 채로 물방울을 맞았다. 나는 그 국자를 물어뜯을 듯이 물을 벌컥벌컥

마셨다. 맛있고 차가운 물이 창자 속으로 스며들었다.

조금 떨어진 벼랑 아래에 커다란 찔레나무 한 그루가 자랐는데, 새하얀 꽃이 흐드러지게 피었다. 가까이 다가가 진한 향기를 맡으며 작은 가지를 꺾었다. 인기척이 느껴져 문득 뒤돌아보니 이제껏 알아채지 못했을 뿐 수풀 그늘에 땔나무를 베는 여자 한 명이 쉬고 있었다. 등에 짊어질 땔나무를 벼랑에 기대어 놓고 각반 찬 다리를 아무렇게나 뻗은 채 가만히 이쪽을 바라봤다.

너무 뜻밖이라 깜짝 놀라 나도 덩달아 쳐다봤다. 누덕누덕한 기모노 옷자락을 치켜올려 입고 허리에 새끼줄을 묶었다. 눈을 가릴 정도로 깊이 뒤집어쓴 흰 수건, 그 밑으로 이마에 흘러내린 검은 머리카락. 의외로 고운 얼굴이었다. 도시에서는 볼 수 없는 건강한 얼굴빛은 살짝 햇볕에 그을려 한층 아름다웠다. 겁내는 기색 없이 새까만 눈동자로 마주봐서 어쩐지 꾸지람을 듣는 듯한 기분이 들었다. 엉겁결에 맥없이 고개를 한 번 숙인 뒤 그 자리를 떴다.

매미가 울고 찜통더위는 더욱 기승을 부렸다. 방금 꺾어 온 찔레꽃 향기를 맡으며 300미터쯤 내려가니 맞은편에서 땔나무를 등에 짊어진 젊은이가 한 명 올라왔다. 땔나무 높이가 키를 훌쩍 넘긴 탓에 느릿느릿한 걸음이었다. 늠름하고 검붉은 얼굴에 머릿수건을 꽉 두른 그의 허리춤에서 잘 갈린 낫이 번쩍였다. 스쳐 지나갈 때 "실례합니다" 하더니 내 얼굴을 흘끗 쳐다봤다. 얼마 있다 뒤돌아보니 젊은이는 벌써 맑은 물이 고인 근처까지 올라가 있었다. 그도 뒤돌아 이쪽을 내려다봤다. 나는 왠지 모르게 손에 들고 있던 찔레꽃을 길가에 버리고 앞길에 있을 샘물을 향해 서둘러 걸었다.

벚나무 아래에는

가지이 모토지로梶井基次郎

1901년 오사카부 출생. 1924년 도쿄대 영문과에 입학, 여동생의 죽음을 겪으며 예민한 시기를 보냈다. 1925년 나카다니 다카오와 함께 동인지 『청공』을 창간해 단편 「레몬」을 발표했다. 이어 「성이 있는 마을에서」를 선보이며 문단에 이름을 알렸다. 1926년 폐결핵으로 이즈 유가시마온천에서 요양하다가 가와바타 야스나리를 알게 됐고, 그의 소설 『이즈의 무희』 교정을 도우며 봄날 벚나무를 함께 구경했다. 1928년 도쿄로 올라가 창작에 몰두하던 중 병세가 악화돼 고향으로 돌아왔다. 병상에서 쓴 「태평한 환자」가 『중앙공론』에 실리지만 1932년 3월 24일 서른한 살의 젊은 나이로 세상을 떠났다. 「벚나무 아래에는」은 1928년 12월 잡지 『시와 시론』에 실린 글이다.

벚나무 아래에는 사체가 묻혀 있다!

이 말은 믿어도 좋아. 왜냐면 벚꽃이 저토록 아름답게 피다니! 그 이유가 아니면 믿기지 않잖아. 나는 저 아름다움을 믿을 수 없어 요 이삼일 불안했다. 하지만 지금 드디어 깨달았다. 벚나무 아래에는 사체가 묻혀 있다. 이건 믿어도 된다.

어째서 매일 밤 집에 돌아오는 길, 내 방에 놓인 수많은 도구 가운데 하필이면 자그마하고 얄팍한 안전 면도날 따위가 천리안처럼 머릿속에 떠오르겠는가. 그대는 이유를 모르겠다고 말했지만, 나도 잘 모르겠지만 이거나 저거나 역시 똑같은 일임이 틀림없다.

대체로 어떤 나무에 피는 꽃이든, 이른바 한창때에 이르면 주변 공기 속으로 신비한 분위기를 흩뿌리는 법이다. 잘 돌아가던 팽이가 완전한 정지에 도달하는 것처럼, 뛰어난 음악 연주가 늘 뭔가 환각을 동반하는 것처럼, 작열하는 생식의 환상이 내비치는 후광처럼. 그건 사람의 마음을 힘껏 때리는 이상하고 생생한 아름다움이다.

어제와 그제, 내 마음이 지독히 음침했던 것도 다 벚꽃 탓이다. 그 아름다움이 어쩐지 믿기지 않았다. 오히려 불안했고 우울했고 공허한 기분이 들었다. 하지만 지금 가까스로 알았다.

그대여, 꽃이 눈부시도록 흐드러지게 피어난 벚나무 아래 저마다 사체가 묻혀 있다고 상상해보라. 무엇이 나를 이토록 불안하게 했는지 이해할 테니.

말의 사체, 개와 고양이의 사체 그리고 인간의 시체. 사체는 모두 썩어 문드러지고 구더기가 끓고 참을 수 없이 고약한 냄새가 난다. 거기에 수정 같은 액이 줄줄 흐른다. 벚나무 뿌리는 탐욕스러운 문어처럼 사체를 끌어안고 말미잘 촉수 같은 뿌리털을 모아 그 액을 빨아들인다.

무엇이 저런 꽃잎을 만들고, 무엇이 저런 꽃술을 만들까. 나는 뿌리털이 빨아들인 수정 같은 액이 조용히 행렬을 지어 관다발 속을 꿈결처럼 올라가는 모습이 눈에 선하다.

그대여, 뭘 그리 괴로운 표정을 짓는가. 아름다운 투시력이거늘. 이제 겨우 눈을 똑바로 뜨고 벚꽃을 볼 수 있게 됐다. 어제, 그제 나를 불안에 빠뜨렸던 신비에서 자유로워졌다.

이삼일 전, 이 계곡으로 내려와 바위 위를 거닐었다. 물보라 속 이쪽저쪽에서 명주잠자리가 아프로디테처럼 태어나 계곡 하늘을 향해 날아오르는 모습이 보였다. 그대도 알다시피 명주잠자리는 하늘에서 아름다운 결혼식을 올린다.

잠시 걷고 있는데 이상한 것과 마주쳤다. 계곡물이 말라붙어 드러난 땅에 남은 작은 물웅덩이, 그 안에 있었다. 뜻밖에도 석유가 흐르는 듯한 광채가 수면에 감돌았다. 그대는 뭐였다고 생각하는가. 그건 몇만 마리라고도 셀 수 없는 명주잠자리의 사체였다. 빈틈없이 수면을 뒤덮은 겹겹이 쌓인 그들의 날개가 햇빛에 오그라들어 석유 같은 광채를 띠었다. 작은 물웅덩이는 바로 산란을 마친 명주잠자리의 묘지였다.

나는 그 광경을 보자마자 심장이 찔리는 듯한 느낌이었다. 묘지를 파내어 시체를 탐닉하는 변태처럼 잔인한 기쁨을 맛봤다.

이 계곡에는 날 기쁘게 하는 것이 아무것도 없다. 휘파람새나 박새, 하얀 햇빛에 푸른 연기를 피우는 나무의 어린싹. 단지 그것만으로는 몽롱한 심상에 불과하다. 내게는 참극이 필요했다. 그 균형이 있어야 비로소 나의 심상은 명확해진다. 나의 마음은 악귀와 같은 우울함에 목말라 있다. 마음에 우울이 완성될 때만 평화가 찾아온다.

그대여, 겨드랑이 밑을 닦고 있구나. 식은땀이 나는가. 나도 마찬가지다. 별로 불쾌해할 만한 일은 아니다. 끈적끈적해서 정액 같다고 생각해보렴. 그걸로 우리의 우울은 완성되리라.

아, 벚나무 아래에는 사체가 묻혀 있다!

도대체 어디서 떠오른 공상인지 알 길 없는 사체가 이제는 벚나무와 하나가 되어 아무리 머리를 흔들어도 떨어지려 하지 않는다. 지금이야말로 나는 저 벚나무 아래에서 술잔치를 벌이는 마을 사람들과 똑같은 권리를 누리며 꽃놀이 술을 마실 수 있을 것 같다.

" 그대여,

뭘 그리 괴로운 표정을 짓는가.

아름다운 투시력이거늘.

이제 겨우 눈을 똑바로 뜨고

벚꽃을 볼 수 있게 됐다. "

가지이 모토지로

귤밭 산책

기타하라 하쿠슈 北原白秋

기타하라 하쿠슈는 1918년 가나가와현 오다와라로 이사한 뒤 '부엉이 집'이라 부르던 주택에서 전원생활을 즐겼다. '부엉이 집'은 현관 양옆에 작은 파란 유리창이 있는 모습이 마치 부엉이 얼굴 같다고 해서 붙은 이름이다. 자연 속에서의 삶은 시풍에도 영향을 끼쳐 기존에 선보이던 관능미 넘치는 시가 아닌 동요와 동시를 주로 발표했다. 또한 1924년 자연주의 시가를 대표하는 마에다 유구레 등과 함께 문예지 『일광』을 창간해 활동했다. 하지만 지진으로 집이 무너지면서 어쩔 수 없이 1926년 도쿄로 돌아왔다.

「귤밭 산책」은 1925년 1월 잡지 『일광』에 실린 글이다.

귤밭이라도 보러 갈까, 햇볕을 쬐던 내가 일어서자 유구레 군도 그게 좋겠다며 뒤따라 일어났다. 대숲에서 점심을 먹고 난 뒤 우리는 뒤편 별장이 있는 언덕으로 자리를 옮겨 산과 바다를 마음껏 바라보며 즐기는 참이었다. 날씨 좋은 겨울날 오후 3시가 지난 시간, 하늘에는 구름 한 점 없었다. 해는 쌍둥이 산 위에서 마치 『일광』 표지 그림처럼 온 세상을 환하게 비추었다.

"그럼 나중에 돈이랑 바구니는 식모아이에게 들려 보낼 테니 슬슬 올라가세요."

아내가 아이를 안겨주며 말했다. 우리 셋은 테니스장을 가로질러 푸른 언덕에 쳐진 철조망 구멍을 빠져나와 그 위 뽕밭으로 걸어갔다. 뽕밭 이랑에는 누에콩이 벌써 아이 손에 잡힐 만큼 두꺼운 잎을 쭉 뻗었다.

"이런, 용담이 있네. 여기 좀 봐봐."

나는 울타리 밑으로 몸을 굽혔다. 보랏빛 용담이 마른 잔디나 낙엽 사이에서 자라고 있었다.

"용담은 꽃이 두 개씩 핀다던데"라고 말하자 유구레 군이 "우아!" 하며 양손을 반쯤 위로 들더니 "어때? 저 빨간 식물은?"이라고 물었다. 마쓰야마산 거먕옻나무의 붉은 잎이었다.

그때 식모아이가 대바구니와 하얀 아이 운동화를 들고 숨을 헐떡이며 뛰어왔다. 대바구니 속에는 봉투가 들었다. 1엔은 있어야 한다고 하시네요, 라고 말했다. 알았다며 대바구니를 받아 들자 도중까지 함께 가서 감자를 사서 돌아가겠다며 가방을 들고 따라왔다. 어느 감자밭인지 물으니 귤밭 옆에 있다고 했다.

뽕밭에서 미즈노 가는 길로 나오고 나서부터 조심조심 걸어야 했다. 왼쪽 벼랑에 쳐진 계수나무 산울타리 안으로 돌문이 쓰러지면서 수도 시멘트 탱크가 와장창 부서진 모양인데 아직 손도 못 댔는지 그대로였다. "우아, 심하구먼." 유구레 군이 투덜거린다.

오른쪽 별장 역시 무너진 데다 붉은 소나무가 두 동강 나면서 지붕에서 마루로 깊이 박혀 안채는 산산조각으로 부서져 벼랑 아래로 굴러떨어진 상태였다. 이 산벼랑조차 산사태로 흙에 파묻혔던 것을 가까스로 파내 길을 낸 것이었다. 위를 올려다보니 참빗살나무에 열매가 파랗게 달렸고, 붉고 검은 누리장나무 열매는 이제 물기를 잃고 시들어버렸다.

감자밭도 멀어 보이고 또 어느 귤밭 옆인지 잘 몰라서 보리밭 왼쪽으로 꺾어 들어가는 길에서 식모아이를 집으로 돌려보냈다. 가방은 유구레 군 손으로 옮겨갔다.

연둣빛 보리 싹이 아름답다. 초겨울이라고 하건만 오다와라 언덕은 벌써 초봄다운 무늬를 그린다. 따뜻해서 좋은 고장이다. 서쪽 하코네 연산부터 히지리다케에 걸쳐 짙고 옅은 안개가 산주름마다 겹겹이 그어져 있다. 군데군데 잡초 태우는 하얀 연기가 곧게 솟아 올라간다. 고요하고 향긋하다. 이제 겨울 풍경이 아니다. "우아, 우아!" 유구레 군이 이번에는 가방과 한 손을 든다.

길가에는 빨간 찔레나무 열매가 구슬을 꿰어 놓은 것처럼 달렸는가 하면 노란 탱자나무 열매가 가시 사이에 잔뜩 끼였다. 바짝 말라버린 바람막이 무궁화 울타리가 하얗게 연보랏빛으로 빛나며 쭉 이어진다. 으름덩굴 껍질이며 검은 광택이 나는 작은 열매도 덩굴에 얽혀 있다. 화장터 소나무며 메마른 상수리나무를 지나다 보면 푸른 삼나무와 어린 소나무로 이루어진 기다란 터널을 만난다. 거름통을 실은 붉은 말이 등 뒤에서 다가온다. 그 터널은 어느 부호의 별장 앞길인데 너무 길다. 때문에 적당히 오른쪽 오솔길로 빠져서 겨우 귤밭 가운데 다다른다.

어딜 봐도 귤잎뿐이지만 목표로 한 금빛 열매는 거의 눈에 띄지 않는다.

"아뿔싸, 늦어버렸네."

머지않아 소리가 들린다. 젊은 아가씨들의 목소리다. 둘러보니 건너편 안쪽 귤나무가 흔들린다. 잘깍잘깍 가위 소리가 난다. 이 오솔길은 언젠가 도손과 함께 왔을 때는 풍차처럼 생긴 자운영 꼬투리로 한가득이었다. 지금은 들국화에 쑥부쟁이, 붉은 풀이며 미역취다.

고목나무가 한 그루 두 그루, 추운지 빛나지 않는다. 부드러운 색, 이를테면 섬세한 녹색이나 흰색 모두 우듬지 끝에 묶인 채 덥수룩이 우뚝 서 있다. 그 맞은편으로 해 질 녘 단자와산이 은은한 붉은빛을 띠며 연하디연한 자줏빛 하늘 안개 속에서 연이어 물결치며 향기를 풍긴다. 다이산도 뭔가 흰빛을 띤 포도색이다.

"우아, 무한한 세계다."

유구레 군의 엉뚱한 소리가 뒤에서 울린다. 하모니카 소리가 들려온다. 귤이 드문드문 눈에 들어온다. 오솔길은 내리막이 된다.

하모니카가 드디어 신바람이 나서 달콤한 감정을 연주한다. 마치 5월 무렵 도시 아이가 들뜬 걸음으로 다가오는 것 같다. 문득 귤나무 그늘에서 푸른 펠트 중절모에 쥐색 긴 망토를 입은 남자와 갈색 중절모에 큰 줄무늬 겉옷을 걸친 남자가 걸어온다. 마을 청년단인 모양이다. 긴 망토를 입은 남자가 슬며시 하모니카를 숨기며 머쓱한 표정으로 스쳐 지나간다. 철이 안 든 어른이다. 그와 동시에 흘러넘칠 듯한 금빛 귤, 이쪽저쪽에서 아름다운 귤 그림이 끝없이 펼쳐진다. 하지만 근처에는 더는 한 덩어리 빛조차 없다. 어쩐지 으스스한 그림자만이 하늘과 땅에 비친다. 해가 쌍둥이 산으로 지고 말았다.

잘깍잘깍 가위 소리가 난다. 우리가 걸어가는 길은 평평하고 약간 축축한 흑토가 깔린 완만한 활모양 언덕길이다. 마침 뒤쪽 야외극장처럼 원형으로 이루어진 높은 계단밭이 보였다. 그 중간쯤 서서 귀를 기울였다. 잘깍잘깍. 붉은 띠조차 보이지 않지만 뭔가 또 아가씨들의 목소리가 들린다. 시끄럽다가 조용하더니 다시 잘깍잘깍 가위 소리가 난다. 주변을 살펴보니 바로 발밑 귤나무 뿌리 근처에 커다란 바구니가 내동댕이쳐져 있다. 그 안에는 커다란 귤이 잔뜩 담겼다. 거적에도 땅바닥에도 남은 귤이 굴러다닌다.

"귤을 좀 파시지 않겠습니까?" 누군가 불러본다. 곧이어 후후후 아가씨의 웃음소리가 들리고 거절하듯 잘깍잘깍 가위질을 한다.

그제야 할아버지가 나온다. "그 바구니에서 가져가면 돼." 처음에는 가진 돈만큼 귤을 살 작정이었지만, 무거운 몸으로 가기보다는 가벼운 산책 기분을 내자 싶어 그저 갈증을 풀 만큼만 샀다. 바구니와 가방에 귤을 조금씩 넣고는 이번에는 위에 있는 밭을 가로질러 언덕 꼭대기를 지나는 길로 향했다. 길이라고 할 것도 없어서 귤밭 사이를 무작정 올라갔다. 수건을 둘러쓰고 각반을 찬 일흔살쯤 된 흰머리 할머니가 가위질을 하는 참이었다. 한껏 발돋움해서 잘칵잘칵, 허리를 구부려서 잘칵잘칵.

귤나무 사이사이 무밭이 푸르다. 노랑을 더하는 것은 배추다. 싱싱한 무와 배추가 계단을 이룬다. 지진 나기 전 오솔길이었는지 무너진 벼랑 근방에는 흙투성이 마른풀 위에 용담 꽃봉오리가 맺혀 있다. 막 피어난 홍자색이며 흰색 엉겅퀴꽃이 반짝인다. 깜짝 놀라 용담 꽃봉오리와 엉겅퀴꽃을 따서 바구니에 넣고 귤을 먹으며 걸어간다. 또 사람 그림자 하나 보이지 않는 귤밭 땅바닥에 비틀어 딴 귤이 수북하다. 옆을 스쳐 지나가는데 어쩐지 거북하다. 돈 주고 산 귤을 훔쳤다고 생각할까 봐 간이 콩알만 해진다. 길에서 꺾은 풀이 뒤섞인 바구니다. 변명이 전혀 통하지 않겠구나, 걱정된다.

종려나무가 있다. 잎이 메마른 조릿대밭이 있다. 바삭바삭한 상수리나무 숲이 있다. 행신 석상이 있다. 가까스로 오솔길을 빠져나오니 고압선 철탑 아래다. 밭두렁에는 새빨간 풀명자가 가득하고 솔체꽃이 드문드문 피어 있다. 귤밭도 보인다.

아래쪽을 보니 오솔길이 있다. 대숲이 있다. 오솔길을 따라 짚단을 짊어진 사람이 이미 땅거미가 내려앉은 어두운 대숲으로 살그머니 들어간다.

대숲과 오솔길 밑 골짜기에 호젓하게 자리 잡은 낡은 농가가 두세 채. 집마다 녹색과 흰색이 섞인 이슬방울 같은 무를 한 줄 두 줄 매달아 놓았다. 자세히 살펴보니 장지문이 찢어진 채다. 핼쑥한 어린아이가 옆으로 기어나와 툇마루에 파란 줄을 희미하게 그어댄다. 환등기에 비춘 아련한 그림처럼. 옆집 마당에는 아이들이 줄줄이 걸어 나간다. 여자애도 있는 것 같다. 아, 닭이 나왔다. 개가 달린다. 더 안쪽 집 마구간에는 뭔가 검은 물체가 얼굴을 내민다. 붉은 것은 애기 동백꽃인 모양이다.

골짜기와 밭 사이로 흐릿하게 건너편 언덕길이 보인다. 든 사람 없이 귤 바구니 두 개가 움직이다가 멈춘다. 곧이어 위쪽에서 하얀 여자 그림자가 걸어오다가 멈춘다. 아, 둘이 이야기를 나누고 있구나 하며 보는 사이, 둘 다 순식간에 보랏빛 안개 속으로 자취를 감췄다.

이제 돌아가자, 슬슬 마음이 급해진다. 하늘에는 귤빛이

도는 반달이 떴다. 벼랑 아래 수풀에는 무리에서 처진 작은 새가 쨱쨱 울었다. 집으로 돌아가는 길은 빨랐다. 아까 지나친 참빗살나무 근처에 다다르자 산기슭 널다리부터 하야카와 어촌까지 불빛이 반짝반짝 빛났다. 앞바다 방어 잡는 어선에도 불이 켜졌다. 눈이 즐겁다, 눈이 즐거워.

행복한, 한가로운 그리고 향기로운 멋진 밤이 벌써 우리 발밑까지 마중을 나왔다. 가이조지 절에서 저녁 종이 울려 퍼진다. 너무 잘 어울린다 싶지만, 역시 건너편 산에서 울리는 종소리를 이쪽 산에서 들으면 기분이 좋다. 집에 돌아와 보니 이곳 역시 화려했다.

"야시로 씨가 오셨어요" 하며 집안사람이 뛰쳐나왔다.

"그래, 잘됐네."

"우아, 우아."

"아하하하."

귤 바구니와 가방이 날아간다. 서로 악수.

"아빠, 아빠."

"그래그래. 자, 용담. 멋지지? 자, 엉겅퀴야. 이건 귤. 야시로 군. 어이, 야시로 군은 언제 온 거야?"

"아니, 저도 귤밭에 갔다 막 돌아왔어요."

"먼저?"

"저런!"

"이건 말이야."

정신없는 와중에 야시로 군에게 물었다.

"왜 못 만난 걸까? 언제나 다니는 그 길을 걸었는데."

"올라갔더니 마침 귤 따는 할머니가 계셔서 물어봤어요. 그랬더니 할머니가 말이죠. 아, 그 애송이들, 아까 집으로 돌아갔는데, 하시더라고요."

"허어, 애송이라니 듣기 좋군."

"우와, 그래. 과연 할머니가 봤을 땐 애송이잖아."

모두 자지러지게 웃었다. 하지만 자세히 들어보니 아무래도 할머니가 계셨던 곳은 물론 오르막길과 내리막길이 다르고 만난 시간이 딱 들어맞지 않았다. 뭔가 이상했다.

유구레 군이 "아, 맞다!"라고 소리쳤다.

"그 하모니카 불던 애송이 아니야?"

"허어, 그런가. 그 하모니카 애송이들."

"네? 하모니카 애송이는 누구……?"

눈 녹은 물

이마이 구니코今井邦子

1890년 도쿠시마현 출생. 1909년 아버지가 결혼을 강요하자 집을 나와 시인 가와이 스이메이의 문하생으로 들어갔다. 1912년 첫 가집 『몸거울 일기』를 출간하며 정열적인 시풍으로 호평받았다. 1916년 '산달래'의 동인으로 활동하며 미즈노 센코, 와카스기 도리코 등과 함께 당대를 대표하는 여성 가인으로 올라섰다. 1936년 여성만의 문예지를 표방하며 『아스카』를 창간해 신진 작가를 다수 길러냈고, 미술에도 조예가 깊어 미술평론가로도 활약했다. 이후 시가뿐만 아니라 고전 연구, 평론, 수필을 집필하며 『노래와 수상』, 『만엽 독본』 등을 남겼다. 1948년 7월 15일 쉰여덟 살에 생을 마감했다.

「눈 녹은 물」은 1946년 12월 출간된 『시나노 시정』에 실린 글이다.

끙끙대서 무엇하랴 강가 버드나무여 물줄기 보며 살자
꾸나

이 노래를 누가 지었는지 언제부터 거리의 노래로 사랑받
았는지 아직 찾아보지 않았지만, 어지간히 고생한 사람의
작품이지 싶다. 여기서 말하는 물줄기란 인생을 상징하기도
하니 소탈한 인생관을 이미 터득했나 보다.

물줄기는 『방장기』의 작가*가 아니더라도 나 같은 사람조
차 보고 또 보아도 싫증 나지 않는 큰 매력이 있다. 강과 시
내는 봄, 여름, 가을, 겨울 저마다 정취가 다르고 흥미로워
서 한없이 마음을 파고든다.

몇 해 전 볼일이 있어 시나노 이나를 찾았다. 간 김에 지
인들과 함께 덴류쿄 협곡을 산책했다.

"시나노의 봄은 늦지만……"이라 노래하는 그 늦은 시나
노 봄이 조금 지난 4월 끝자락이었다. 산에 우거진 낙엽송
이 어렴풋이 초록빛으로 물들었고 그 아래 조그마한 고사
리 새싹이 돋아나 있었다. 나는 그들을 따라 산길을 헐떡이

---

* 수필가 겸 시인 가모노 초메이(鴨長明 1155~1216)를 말한다. 그가 대자연 속에 기
  거하며 인생의 덧없음을 노래한 『방장기』첫머리에 나오는 "흐르는 강줄기는 끊
  임없고, 게다가 원래 흐르던 물도 아니다"라는 문장은 지금도 백미로 꼽힌다.

며 올라갔다. 그러고는 높은 바위 위에서 명성이 자자한 그 덴류쿄 협곡을 흐르는 깊은 물줄기를 내려다봤다. 그때 새파랗다 못해 오히려 검푸른 물줄기를 상상했더랬다. 하지만 내려다본 깊고 거대한 계곡물은 뿌옇게 흐려져 소용돌이치며 흘러갔다. 깜짝 놀라 엉겁결에 소리쳤다.

"아이고, 이 뿌옇게 흐린 물은……"

이나에 사는 친구가 웃으며 알려줬다.

"지금은 마침 깊은 산에 쌓여 있던 눈이나 얼음이 녹는 시기거든. 그 녹은 물이 덴류쿄로 흘러 들어오는 거야. 근데 여기까지 오는 동안 흙이나 다른 물질이 섞이는 탓에 저렇게 물이 탁해지는 거지."

이 말을 듣는 사이 깊은 산 얼어붙어 있던 흰 눈이 녹아 도도히 흘러나오는 계절을 실감했다. 골짜기에서 싹트기 시작하는 봄풀 향기마저 느껴지는 듯한, 뭐라 표현할 수 없는 그윽한 기분에 빠져들었다. 맑은 하늘 아래 뿌옇게 흐려져 거꾸로 휩쓸려가는 물줄기를 싫증도 안 내고 바라보고 또 바라봤다. 맞은편 기슭 바위틈에는 황매화 나뭇가지가 꽃을 단 채 바람이 불어오자 간들간들 흔들린다. 서 있는 바위 근처에는 커다란 팽나무가 큼지막한 꽃을 피우고는 진한 향기를 이따금 풍긴다. 나는 이상할 정도로 이 풍경 앞에서 목소리를 죽이고 두 시간 남짓 물줄기를 보며 시간을 보냈다.

마사오카 시키*가 『헤이케 이야기』 속 우지강이 나오는 구절을 읽고 읊은 노래가 있다.

칠흑 같은 검정말 살찐 배까지 눈 녹은 물결 거슬러 소용돌이치고
날아가는 새 앞에서 다투는 자의 갑옷 소매에 물결 용솟음치니
우지강 여울 가로지르는 명마 이케즈키 말갈기에 물결 차오르네

이 걸작을 항상 즐겨 외운다.

지금은 세상을 떠난 히라후쿠 햐쿠스이 화백은 해외에도 자랑할 만한 훌륭한 화가였지만 동시에 가인이었다. 그는 시를 결코 그림 아래 두지 않았다. 이따금 "시를 짓고 있으면 그림이 그려지지 않는다"라고 토로했다. 그가 생명을 바

* 마사오카 시키(正岡子規 1867~1902) 가인이자 작가로 문예지 『두견』을 발간하며 일본 근대 하이쿠에 큰 영향을 끼쳤다. 『헤이케 이야기』는 헤이케 가문의 영화와 몰락을 기록한 고전문학으로 박진감 넘치는 전투 묘사로 유명하다.

쳐 표현하고자 한 것은, 그림이 되기도 하고 때론 노래가 됐다. 그는 결코 시를 취미로 여기지 않았다. 그 화백이 만년에 종종 "홍수를 그림으로 그려보고 싶다"라고 했다. 아들이 "그럼 장마철에 큰 강이 있는 지방으로 여행을 떠나면 되겠네" 말하자 "아니, 내가 그리고자 하는 홍수는 그런 작은 것이 아니야. 어떠한 물질도 섞이지 않은 물이 도도히 흐르는 대범람을 그리고 싶어"라고 대답했다. 아마도 화백의 생애에 걸친 큰 뜻이 아니었을까.

히라후쿠 화백이 남긴 가집 『한죽』을 펼쳐 읽다 보면 1907년 '고향 봄눈'이라는 제목으로 지은 노래 다섯 편을 만난다. 그중 한 수를 읊어본다.

봄철 강에 눈 녹은 물 흘러드니 단숨에 불어 넘쳐 땅을 옮기네

봄날 강에 눈 녹은 물이긴 해도 단숨에 넘쳐흘러 흙을 휩쓸고 지나갈 만큼 물줄기가 세차다니! 그런 대자연의 위력에 감탄하며 물살을 바라보셨던 모양이다. 1907년이라 하면 화백이 서른한 살 때로, 그즈음 이미 홍수 그림이 마음속에 자리 잡았음을 알 수 있다. 화백이 일생에 걸쳐 이루고

픈 대업이었을 텐데, 끝내 붓을 들지 못했으니 안타까울 따름이다. 그래도 이 한 수로 우리는 자연의 웅대함에 감동하지 않을 수 없다.

4장, 낯선 거리에서.

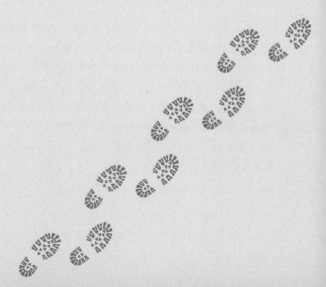

" 세상이 사방 4미터로
줄어들었나 싶다가도 걸을수록
새로운 사방 4미터가 드러난다. **"**

안개

나쓰메 소세키 夏目漱石

나쓰메 소세키는 1900년 국비 장학생으로 선발돼 2년간 영국에서 유학했다. 런던대에서 강의를 청강하며 영문학 연구에 몰두하지만, 타지에서의 가난한 생활과 고독감은 그에게 신경쇠약과 우울증을 남겼다. 몇 번이나 하숙집을 옮기는데, 1901년 7월 지인의 소개로 런던 교외 클래펌커먼에 있는 3층 작은 방에 정착했다. 메레디스, 디킨스 등을 탐닉하던 외로운 런던 유학기는 『한눈팔기』 등 작품 곳곳에 녹아 있다.

「안개」는 1909년 1월부터 3월에 걸쳐 '긴 봄날 소품'이란 제목으로 아사히신문에 연재한 열다섯 번째 글이다.

어제는 한밤중 잠자리에서 탁탁거리는 소리를 들었다. 근처에 클래펌정션이라는 큰 철도역이 있는 탓이다. 이 역에는 하루에 기차가 1,000대쯤 모여든다. 더 자세히 나누면 1분에 한 대꼴로 드나드는 셈이다. 기차는 저마다 안개가 짙을 때 역이 가까워지면 뭔가 장치를 사용해 폭죽 터지는 소리 비슷하게 신호를 보낸다. 신호등 불빛이 파랑이든 빨강이든 전혀 도움이 되지 않을 만큼 어두워서다.

침대에서 내려와 북쪽 창문에 달린 블라인드를 걷어 올리고 바깥을 내려다보니 온통 희미하다. 아래는 잔디 깔린 바닥에서부터 세 방향으로 둘러막은 2미터 남짓한 벽돌담에 이르기까지 아무것도 보이지 않는다. 그저 공허함만 가득 차 있다. 그리고 쥐 죽은 듯이 얼어 있다.

이웃집 정원도 마찬가지다. 정원에는 잔디가 말끔하게 깔려 있어 따뜻한 초봄이면 하얀 수염을 기른 할아버지가 햇볕을 쬐러 나온다. 그때마다 할아버지는 늘 오른손에 앵무새를 올려놓는다. 그러고는 눈을 앵무새 부리에 콕콕 찔릴 정도로 가까이 가져간다. 앵무새는 파닥거리며 줄기차게 울어댄다. 할아버지가 나오지 않을 적에는 딸이 기다란 옷자락을 끌며 잔디밭 위에서 잔디 깎는 기계를 끊임없이 끌고 다닌다. 이런 기억이 풍성한 이웃집 정원도 지금은 완전히 안개에 파묻혀 황폐한 나의 하숙집 정원과 어떠한 경계도 없이 쭉 이어진다.

뒷골목을 사이에 두고 맞은편으로 고딕 양식으로 지어진 교회 탑이 높이 솟아 있다. 잿빛 하늘을 찌를 듯한 꼭대기에서 수시로 종소리가 나는데, 일요일은 유난히 심하다. 오늘은 날카롭고 뾰족한 꼭대기는 물론 마름돌을 옹기종기 쌓아 올린 몸체조차 어디 있는지 도통 알 수 없다. 탑으로 짐작되는 부근이 왠지 까맣게 보이지만 종은 전혀 울리지 않는다. 형체가 짙은 그늘 속에 깊숙이 갇힌 모양이다.

밖으로 나오자 4미터 가까이 앞은 보인다. 4미터쯤 걸어가면 다시 그만큼 앞이 보인다. 세상이 사방 4미터로 줄어들었나 싶다가도 걸을수록 새로운 사방 4미터가 드러난다. 대신 지금 막 지나온 과거 세계는 그대로 사라진다.

네거리에서 2층 승합마차를 기다리는데 젖빛 안개를 가르며 갑자기 눈앞에 말 머리가 나타났다. 위층에 탄 사람이 미처 안개를 빠져나오지 못했음에도 나는 안개를 헤치고 올라탔다. 아래를 내려다보니 말 머리가 으스름하게 보였다.

승합마차가 달려가다가 마주치는 풍경은 딱 마주치는 순간에만 아름답다. 생각할 겨를도 없이 색채를 지닌 모든 것이 탁한 공중으로 사라져버린다. 아득한 무색 가운데 포위

된다.

웨스트민스터 다리를 지나는 동안 새하얀 물체가 두세 번 눈을 스치며 나부꼈다. 눈을 크게 뜨고 행방을 쫓으니 안개에 갇힌 대기 속에 갈매기가 꿈결처럼 아스라이 날고 있었다. 그때 머리 위에서 국회의사당 대형 탑시계가 엄숙하게 10시를 알렸다. 하늘을 올려다봐도 허공에서 그저 소리만 들려왔다.

빅토리아에서 볼일을 마치고 테이트미술관 옆 강을 따라 배터시까지 걸어갔다. 이제껏 쥐색으로 보였던 세계가 날이 저물자 돌연 어두워졌다. 석탄을 녹여 몸 주변으로 진하게 흘린 것처럼 검은색으로 물든 묵직한 안개가 눈과 입과 코로 다가왔다. 외투는 짓눌렸나 싶을 정도로 촉촉이 젖었다. 가벼운 갈색 수증기를 호흡한 탓에 숨이 막혔다. 발밑은 움막 흙바닥을 밟는 것 같았다.

나는 답답한 다갈색 세계 속에 잠시 멍하니 멈춰 섰다. 옆으로 사람이 여럿 지나가는 느낌이 들었다. 하지만 어깨가 닿지 않는 한 과연 사람이 다니는지 의심스러웠다. 자욱한 망망대해, 콩알만 한 노란 점이 희미하게 떠다녔다. 그 점을 목표 삼아 네 걸음쯤 움직였다. 그러자 얼굴 앞에 어느 가게 유리창이 나타났다. 가게 안에는 가스등이 켜져 있다. 실내는 꽤 밝다. 사람들은 평소처럼 행동한다. 겨우 안심했다.

배터시를 지나서는 더듬거리지 않고 건너편 언덕에 다다랐지만, 언덕 위에는 문을 닫은 가게뿐이었다. 그곳은 비슷한 골목길이 몇 갈래나 늘어선 탓에 맑은 날에도 헷갈리기 쉬웠다. 정면 왼쪽 두 번째 골목으로 돌아 곧바로 200미터쯤 걸었던 기억이 났다. 그다음은 잘 몰랐다. 어둠 속에 달랑 혼자 남아 고개를 갸웃했다.

오른쪽에서 구두 소리가 다가왔다. 그런가 싶더니 9미터가량 앞에서 멈췄다. 곧이어 점점 멀어져 갔다. 결국 아무 소리도 안 들리고 적막만이 흘렀다. 다시 어둠 속에 홀로 서서 생각했다. 어떻게 하면 하숙집으로 돌아갈 수 있을까.

나쓰메 소세키가 영국 유학 시절 친구에게 보낸 그림엽서.

파리 가을을 걷다

오카모토 가노코岡本かの子

오카모토 가노코는 1929년 『나의 최종 가집』을 출간한 뒤 소설 창작에 몰두하던 중 그해 12월 훗날 예술가로 명성을 떨치는 아들 다로와 함께 프랑스로 떠났다. 다로는 그림을 공부하기 위해 파리에 남았고, 그녀는 런던과 베를린 등에 머물다가 1932년 미국을 경유해 돌아왔다. 귀국 후 여행기를 잡지에 연재하는 한편 『여자의 입장』, 『인생론』 등 수필집을 출간했다.

「파리 가을을 걷다」는 1933년 10월 잡지 『주간 아사히』에 실린 글이다.

센강에 이는 물결이 희읍스레 바랜다. 바람이 조금 쌀쌀맞게 그 위를 달린다. 센강 중간에 있는 시테섬 물가 좀먹은 듯 썩은 말뚝에 철새 똥 같은 얼룩이 드문드문 빛난다. 강변 버드나무가 수선스러우면서도 쓸쓸하게 흔들린다. 강을 가로지르는 다리가 여름과 달리 서먹서먹하게 느껴지면 구두보다 일본의 히요리게다*를 신고 걷는 소리가 더 잘 어울린다. 파리에 가을이 왔다.

언제 왔지, 여름과 작별하지도 않았는데. 파리는 가을을 남몰래 맞아들여 사람들을 유혹한다. 그러면 가로수 잎사귀는 메말라 떨어지고 여자와 남자가 겨울옷과 털모자를 몸에 걸치는 날이 얼마 남지 않는다.

이탈리아인 아이스크림 가게 주인이 헌팅캡을 삐딱하게 쓰고 배담요 비슷한 뭔가를 가슴에 덮고는 어느새 군밤 장수로 변신한다. 어느 길모퉁이에서 활활 풍롯불을 부치며,

"어서 옵쇼, 어서 옵쇼. 차가운 아이스크림에서 재빨리 따뜻한 군밤으로. 어서 옵쇼, 어서 옵쇼."

하늘에는 오늘도 뜬구름이 네다섯 조각 떠다니고, 유행복 입은 패션모델을 태우고 런던과 파리를 오가는 비행기가

* 일본 나막신인 굽이 조금 높은 맑은 날 신는 게다.

느긋하게 날아간다.

"드디어 이번 달 말로 가게를 접어요. 죽을 때까지 살 새 보금자리를 마련했거든요. 파리에서 30년, 뭐 30년씩이나 뼈 빠지게 움직였으니 이제 편안히 동굴에 들어가 쉴 때도 됐죠."

부부가 함께 파시 거리 식료품점에서 열심히 일한 쉰대여섯 살의 남자, 나이 들어 쉰 목소리가 가을바람과 어우러진다. 남자는 약간의 목돈을 모았다. 대부분 파리인이 그렇듯이 남자도 파리에서 30킬로미터쯤 떨어진 시골에 멋진 집을 찾아 사들인 뒤 요리사 한 명, 하녀 한 명을 두고 부인과 같이 노후를 한가로이 살려는 사람이다.

"가게를 물려받는 사람도 성품이 좋아요. 안심하고 이사하려고요. 올가을에는 집 주변 밤나무에서 밤도 많이 따고, 내년 가을부터는 딸린 포도밭에서 키운 포도로 맛있는 술도 담그려고요. 아무쪼록 시간 내서 한 번 들러주세요."

대화 상대는 이웃 거리에 있는 커다란 구두점의 바지런한 주인이다.

낮 시간이면 한동안 조용한 파리. 낮이 오히려 밤처럼 쓸쓸한 파리. 가을에는 유달리 은밀해진다.

어딘가 적막하고 태평한 길거리를 걸어간다. 공중화장실

이나 낡은 담벼락에 누가 언제 붙였는지 모를 프라텔리니 형제의 서커스 전단이 젖혀져서 끝자락이 바람에 나부낀다. 불로뉴 숲 한 곳을 그대로 옮겨온 듯한 쇼윈도를 잠시 바라본다. 말라버렸음에도 끝까지 우아함을 잃지 않은 가랑잎 사이로 산책하는 멋진 남녀 인형이 놓여 있다. 오페라극장 거리에서 가끔 이런 세련된 쇼윈도와 전혀 안 닮은 요란한 차림의 미국 부자 여인들이 멈춰 쇼윈도를 들여다보는 모습과 마주친다.

카페테라스에 줄 서서 으스스한 어깨를 움츠리며 커피를 주문한다. 커피 색깔이 유난히 매끄럽고 진해서 입술에 닿는 잔 촉감이 한층 짙게 느껴진다. 가게 앞에 갓 내놓은 촉촉한 굴이 껍데기 속 탱탱한 살을 불빛에 반짝이며 쭉 늘어서 있다. 길가에서 만나는 개가 점점 온순하고 귀엽게 보인다. 서양 개는 일본 개처럼 사람을 보고도 짖거나 위협하지 않는데, 가을부터 겨울까지는 더한층 얌전하고 붙임성이 좋다.

공원에서 아이를 놀리는 보모들의 대화가 얼핏 귀에 들어온다. 한 명은 열여덟아홉 살쯤, 또 한 명은 그보다 두세 살 위쯤으로 뜨개질하며 이야기를 나눈다.

"너 아직 그것밖에 안 했어?"

"그게 저 악동이랑 노느라고."

과연 옆에서 모래놀이 하는 남자아이는 악동이라고 불릴 만큼 성깔 있는 장난꾸러기로 보인다.

"어머, 네 모자 색깔 참 예쁘다. 털실 잘 골랐네."

"응."

"뭐야, 그 무뚝뚝한 대답은. 또 그 사람 생각이나 하고 있 겠지?"

"놀리는 건 좋은데, 리옹 사투리는 못 참겠어. 이제 그만 파리지앵이 되라고."

열여덟아홉 살쯤 된 보모가 얼굴을 붉히며 대꾸한다.

"남의 일에 웬 오지랖?"

"네 남자 친구도 그래, 언제까지 리옹 사투리를 쓴대니, 딱 질색이야."

"쓸데없는 소리 마."

그러고는 멋쩍음을 감추려 자신이 돌보는 가냘픈 여자아 이를 안아 올린다.

"이 아이 엄마 말이야, 연극 시즌이 가까워져서 파리로 돌 아온대."

"아, 그 스위스 여배우? 또 아빠가 다른 아이라도 데려오 려나."

해 질 녘, 유난히 물줄기가 가느다란 가을 공원 분수가 안개처럼 희미하게 물을 내뿜는다. 그 옆을 보모들이 아이를 태운 유모차를 밀며 집으로 돌아간다.

나폴리의 일요일

하야시 후미코林芙美子

하야시 후미코는 1931년 『방랑기』의 인세를 들고 홀로 파리를 향해 출발했다. 열나흘이 걸린 기차 여행을 마치고 파리에 도착해 1년간 머물다가 1932년 마르세유를 출항해 나폴리, 포트사이드, 콜롬보 등을 거쳐 귀국했다. 고베항에 발을 내렸을 때 그녀가 가진 돈은 달랑 30전이었다. 그리고 1933년 여행지에서 보낸 글과 편지, 일기를 모아 『삼등여행기』를 펴냈다.

「나폴리의 일요일」은 1936년 4월 출간된 『문학적 단장』에 실린 글이다.

3년 전 6월의 어느 일요일, 나는 나폴리 길모퉁이에서 혓바닥이 델 듯한 뜨거운 커피를 마셨다. 나폴리 거리는 계단식으로 이루어져 어딜 가도 전망이 좋고 곳곳에 케이블카가 있었다. 또 층층이 자리한 광장마다 생선이나 채소, 과일이나 화초 파는 노점이 늘어섰고 수도꼭지에서 물이 시원스레 넘쳐흘렀다.

　커피를 즐기던 카페 앞에는 바이올린과 첼로와 드럼을 손에 든 악사들이 가게 건물 그늘에 앉아 땀을 닦으며 시원한 바람을 쐬었다. 그러다 산타루치아항 부두로 카프리섬에서 돌아오는 배가 들어오자 쭈그려 앉아 있던 악사들이 햇빛이 쨍쨍 비치는 길거리로 나가 행진곡 비슷한 노래를 연주하기 시작했다. 높은 창가 문짝 뒤에서 여자들이 하나둘 얼굴을 내밀고 내려다봤다. 두레박으로 물을 긷듯 창문에서 바구니를 늘어뜨려 채소를 걷어 올리던 할머니들도 줄을 잡아당기던 손을 멈추고 거리 오케스트라 연주에 빠져들었다. 세상에는 이토록 여유로운 마음으로 살아가는 사람들도 있구나 싶었다.

　사마리텐 언덕을 향해 걸어가다가 길가 어느 집에서 「오 솔레미오」를 부르는 소년을 만났다. 정원에 온통 분홍색 카네이션만 핀 집이 보였다. 카네이션 꽃밭 너머는 짙은 나폴리 바다, 섬과 섬 사이를 오가는 작은 증기선들이 분주히 드나들었다. 아담한 별장도 잔뜩 있었다. 손끝으로 기타 줄을 튕기며 이 집 저 집 돌아다니는 집시와 마주쳤다. 어부가 부르는 노래는 아름다웠다. 이렇게 두루두루 노래가 울려 퍼지는 이 나라가 부러웠다.

일본은 요즘 노래 부를 일이 없어졌는지, 아니면 '노래한다'는 행위를 잊어버렸는지 묘하게 바삭바삭한 느낌이다. 라디오 보급도 골칫거리다. 널빤지로 만든 얇은 문과 벽을 뚫고 라디오 소리가 마을 전체에 흐른다. 가도 가도 끝없이 똑같은 노래만 들린다. 게다가 이리저리 떠도는 거리 악사들은 사나운 욕 한 바가지 들으며 내쫓기기 일쑤다.

내가 어릴 때는 보름달 모양으로 생긴 월금이라는 악기가 있었다. 하얀 머릿수건을 쓰고 감색 통소매 옷을 입은 청년이 월금을 연주하며 마을을 걸어 다니던 기억이 난다. 호궁이라는 악기나 철사 튕기는 소리가 나는 거문고도 있었다. 이런 소소한 악기가 어쩐지 쓸쓸한 향수를 불러일으키며 집집을 돌아다녔는데, 지금은 들을 기회마저 사라져버렸다. 일본에 꽤나 다양한 음악이 보급됐음에도 이상하게 잡음과 폭음의 세계만 남은 끝에 세상은 거칠어지고 메말라 간다.

나폴리는 작은 길모퉁이조차 근사한 거리 교향악이 흐

르고 마을 사람들은 즐거이 귀를 기울인다. 샘이 날 정도다. 일본에서는 라디오를 산 집은 아침부터 밤까지 켜놓고 전축이 있는 집은 한밤중까지 사자가 울부짖는 듯하다. 뭐라 뭐라 하는 유행가만큼 듣기 불쾌한 소리도 없다. 사내아이가 자전거 타고 가며 휘파람으로 불어대는 유행가는 좋지만, 길거리에 빵빵 울려대는 유행가는 미쳐버리겠다. 음악 전통이 깊지 않은 만큼 울려 퍼지면 그만이라는 생각으로 엄청난 라디오 소리를 무질서하게 거리로 내보내니, 정말이지 괴로워서 견딜 수 없다.

노래나 음악은 촉촉한 바람이나 물소리와 함께 숨 쉬며 들어야 좋다. 라디오나 축음기 소리는 아무리 명곡이라도 바사삭해서 귀 호강이 안 된다. 오늘도 일요일. 나폴리 거리마다 아름다운 음악이 바람에 실려 흐르리라.

> " 푸른 그늘 아래
> 조그마한 나는
> 멍하니 쳐다볼 뿐이었다. "

밤꽃

오카모토 기도 岡本綺堂

오카모토 기도는 1919년 2월 서구 연극계를 탐방하기 위해 미국으로 향했다. 샌프란시스코에 도착, 밤 기차를 타고 로스앤젤레스에서 할리우드를 시찰한 뒤 뉴욕을 거쳐 4월 영국 런던에 도착했다. 글로브극장 같은 유명 극장에서 연극을 구경하고 셰익스피어의 고향을 둘러보며 틈틈이 현장에서 느낀 감상을 글로 써서 신문사에 보냈다. 8월 프랑스 파리로 건너가 고대 원형극장이 있는 랭스를 여행하고 나서 10월 귀국했다. 1930년 잡지 『무대』를 발간하는 등 후진 양성을 위해 애쓴 결과 연극계 최초로 예술원 회원이 됐다. 「밤꽃」은 1919년 8월 요미우리신문에 실린 글이다.

밤꽃과 감꽃은 일본에서도 초여름 풍물로 손꼽힌다. 다만 감성이 무딘 나는 밤나무든 감나무든 모두 가을날 나뭇가지만 눈여겨볼 뿐 여름날 쓸쓸한 꽃에 눈길을 줘본 적이 별로 없다. 가을철 나뭇가지에 여문 열매를 보기 전까지는 거의 잡나무나 다름없다고 생각했다. 그 시각은 유럽 대륙에 건너온 뒤 꽤 바뀌었다. 요즘은 결코 밤나무를 경멸하지 않는다. 반드시 발걸음을 멈추고 그 아래 서서 한동안 우듬지를 올려다본다.

한마디로 밤나무라고 했지만 유럽에서는 밤나무를 통틀어 보통 'Horse chestnut'이라고 부르며 그 열매를 먹지 않는다. 일본에서 말하는 도토리 종류인 듯싶다. 그래도 실로 멋지고 큰 나무가 많고 꽃은 흰색과 분홍색 두 종류가 있다. 런던 거리에서도 자주 보는데, 내가 경멸의 눈초리를 거둔 것은 왕립식물원 큐가든에 갔을 때였다.

5월 중순부터 런던은 갑자기 여름 같은 날씨가 이어졌다. 일요일 신문에 피커딜리서커스 광장에서 일렁이는 푸른 파라솔 그림자, 채링크로스 거리에서 반짝이는 하얀 밀짚모자, 런던도 이제 여름에 접어든다는 기사 따위가 실렸다. 그날 아침, 다카타상회의 T 군이 일부러 찾아와서 오늘은 큐가든을 안내해주겠다고 말했다.

서둘러 준비를 마치고 베이커가 정거장으로 걸어갔다. 거기서 마차를 타고 큐가든으로 향했다. 큐가든 입구에 다다르자 우선 눈길을 끈 것은 밤나무 가로수였다. 장난스레 비실비실한 일본 밤나무와 달리 그곳 밤나무는 빽빽한 나뭇가지며 이파리 색깔이 남달랐다. 밝은 5월 햇빛에 반짝반짝 빛나고 한낮에 불어오는 바람을 맞으며 살랑이는 모습이 그야말로 그림 같았다. 무심코 잠시 멈춰 바라봤을 정도다.

돌아오는 길에 햄프턴궁전에도 갔다. 옆 부쉬파크라는 공원에도 들렀는데, 몇백 년은 살았을 법한 크디큰 밤나무가 동그라미를 그리며 늘어서 있었다. 깜짝 놀랐다. 보면 볼수록 훌륭했다. 푸른 그늘 아래 조그마한 나는 멍하니 쳐다볼 뿐이었다. 햄프턴궁전에서 자라는 느릅나무도 멋졌지만, 이 밤나무에는 도저히 미치지 못했다.

이튿날, 근처 이발소에 가서 어제 큐가든부터 햄프턴궁전까지 둘러봤다고 이야기했더니 주인이 그 멋진 밤나무를 보고 왔느냐고 물었다. 이미 부쉬파크 밤나무는 런던 명물인 모양이었다. 그 후 밤나무에 적잖은 관심이 생겼다. 공원에 가든 거리를 걷든 온갖 나무 가운데 제일 먼저 밤나무를 눈에 담았다.

일주일 정도 지나 셰익스피어의 고향, 스트랫퍼드어폰에

이번을 방문했다. 그날 워싱턴 어빙이 머물면서 『스케치북』의 한 구절을 썼다고 알려진 레드홀스라는 호텔에 묵었다. 해가 질 무렵, 안내자 M 군과 O 군과 함께 에이번 강가 주변을 산책했다. 병꽃나무를 닮은 5월 나무에 핀 하얀 꽃이 시골집 울타리 위로 삐져나와 어스레한 황혼 아래 드문드문 쌓인 눈처럼 보였다. 참으로 초여름 황혼다운 정적을 자아냈다. 하지만 내 시선을 사로잡은 것은 역시 밤나무였다. 강둑에 밤나무와 버드나무가 줄지어 늘어서 있었다. 이곳 밤나무도 부쉬파크 못지않게 커다랬다. 넓적한 잎사귀 사이로 새하얀 꽃이 푸른 물 위에 어렴풋이 비쳤다. 강물에는 백조가 한가로이 떠다녔고 흰옷 입은 젊은 여자 둘이 조각배를 저었다.

　M 군이 우리도 배를 한 시간 빌려 타자고 했다. 밤나무 아래 배를 빌리는 오두막으로 가서 이야기하니 주인이 바로 선착장에 묶어둔 작은 배 한 척을 빌려주며 하류 쪽으로 너무 멀리 가지 말라고 주의를 줬다. 알겠다고 말하고 우리 세 사람은 배에 올랐다. 나는 노를 저을 줄 모르기에 노는 두 청년에게 맡기고 배 안에 벌렁 드러누웠다. 벌써 8시쯤 됐을 텐데 영국의 여름 해는 좀처럼 지지 않았다. 파르께한 하늘에 연분홍 구름이 여기저기 흘렀다.

두 청년의 노 젓는 실력은 보통이었는데, 물살이 매우 잔잔해서 배는 조용히 하류로 내려갔다. 이루 말할 수 없이 느긋한 기분이 들었다. 드러누워 강가를 바라봤다. 커다란 밤나무 우듬지 너머로 로열셰익스피어극장 높은 탑이 마침 연분홍 구름 아래 우뚝 솟아 있었다. 낮에 갔을 때 본, 그 탑에 얼키설키 매달린 연보랏빛 등나무꽃이 생각났다.

　우리는 적당한 곳까지 내려갔다가 방향을 돌려 상류 쪽으로 거슬러 올라왔다. 불빛이 적은 시골 마을은 점점 어두워져 갔고, 밤나무 가로수가 하나로 뭉쳐 어두운 그림자를 만들었다. 그래도 아직 하늘과 물은 저물 듯한 기색이 아니었다. 물에 비친 햇빛을 받아 조금 밝은 뱃전에는 이름 모를 날벌레 떼가 날아다녔다. 백조는 자기 보금자리로 돌아갔는지 이미 보이지 않았다. 일어나서 담배 한 대를 피우고 꽁초를 강물에 던지자 마치 뒤쫓듯 하얀 꽃 한 송이가 하늘하늘 흘러 내려왔다. 자세히 살펴보니 밤꽃이었다.

　밤나무 꽃잎　에이번 강물 위를　흘러가노라

　시구가 좋고 나쁨은 둘째치고 실로 아름다운 풍경이었다. 내가 몇 번이나 이 시구를 읊조리는 동안 배는 원래 있던 강

기슭으로 돌아왔다. 먼저 두 청년이 노를 내려놓고 내리자 나도 곧이어 배에서 내렸다. 오두막 안쪽에는 이미 노란 촛불이 켜진 상태였다. 주인이 나와 큼지막한 손으로 뱃삯을 받아 들더니 "굿나잇" 무뚝뚝하게 한마디를 던졌다. 강가에서 올라와 10미터쯤 걸어가다가 뒤돌아보니 나지막한 오두막도 커다란 밤나무도 전부 땅거미 속에 가라앉아 오직 강물만이 희끄무레하게 보였다. 어디선가 피리 소리가 아득히 들려왔다. 호텔에 돌아오니 방에도 촛불이 켜져 있었다.

호텔 정원에도 큰 밤나무가 자랐다. 어느새 날씨가 변했는지 한밤중 빗소리가 들렸다. 머리맡에 놓인 촛불을 켜고 커튼 사이로 창밖을 내다봤다. 빗방울이 밤나무 잎사귀에 떨어졌고 하얀 꽃이 어둠 속에서 폴폴 흩날렸다.

밤비, 밤꽃, 촛불, 어빙이 묵은 집. 일본을 떠나고 나서 일찍이 경험하지 못한, 차분하고 편안한 기분으로 셰익스피어의 고향에서 하룻밤을 지새웠다. 다음 날 아침에 나가 보니 정원에는 밤꽃이 온통 하얗게 져 있었다.

언덕

미야모토 유리코宮本百合子

1899년 도쿄도 출생. 1916년 「가난한 사람들의 무리」로 데뷔, 천재 작가로 주목받았다. 1924년 자전적 소설 『노부코』를 쓰는 한편 러시아문학자 유아사 요시코와 공동생활하며 공산주의 사상에 매료됐다. 1927년 12월 유아사와 함께 러시아로 건너가 모스크바에 머물다 베를린, 파리 등을 거쳐 1930년 귀국해 프롤레타리아 작가로 활약했다. 이후 치안유지법 위반으로 검거와 석방을 거듭한 끝에 집필 금지 처분까지 받았다. 1947년 패전 후 피폐해진 사회를 여성의 시선으로 그려낸 『반슈평야』를 펴냈다. 1951년 1월 21일 쉰두 살에 세상을 떠났다.

「언덕」은 1935년 1월 도쿄니치니치신문에 실린 글이다.

모스크바 체류 마지막 기간은 어느 호텔에서 지냈다. 호텔이라고 해도 사보이 같은 고급 호텔이 아니라 따뜻한 물을 쓰려면 손수 주전자를 들고 아래층 주방까지 내려가 보일러에서 따라 갖고 올라와야 하는 곳이다.

방에는 커다란 테이블이 두 개 있어 하나는 친구가, 다른 하나는 내가 썼다. 내 테이블에는 프랑스에서 사 온 남색과 노란색 격자무늬가 새겨진 싸구려 테이블보가 깔려 있다. 창문을 향해 테이블이 놓인 덕에 앉으면 이중유리 너머로 거리에서 희미한 함성이 들려오는 가운데 눈앞에 '모스크바 노동자' 신문사 옥상 일부가 바라보였다.

아까부터 옥상에는 헌팅캡을 쓰고 얇은 외투를 걸친 청년 두 명이 서성거린다. 모자를 안 쓴 불그스름한 머리카락의 남자가 한 명 더 올라온다. 사진기를 들고 있다. 사진을 찍으려는 모양인지 한쪽에 두 사람을 세워 놓고 기계를 잠시 만지작거리는가 싶더니 갑자기 손을 흔들며 하늘을 쳐다본다. 그러고는 두 사람이 선 곳으로 걸어가서 뭐라고 이야기한다. 청년 한 사람이 헌팅캡을 벗고 머리를 벅벅 긁어대며 찌푸린 6월 하늘을 올려다본 뒤 뭔가 말하자 세 사람은 곧 재미있다는 듯이 웃음을 터뜨렸다. 웃음소리는 이쪽까지 들리지 않는다. 그저 즐겁게 서로 마주 보며 움직이는 생기

발랄한 얼굴이나 하얀 이가 소리 없이 손에 잡힐 것처럼 보일 뿐이다.

나는 마음을 들쑤시는 그 장면을 쭉 바라봤다. 2년 전 막 모스크바에 도착했을 때도 역시 이 호텔에 묵었다. 이미 12월에 접어든 시기라 눈이 내렸고 겨울잠에 빠진 이중창 유리는 밤마다 꽁꽁 얼었다. 얼음꽃 피어오른 유리창에 새파란 달빛이 한가득 비치는 밤 12시면 크렘린궁 시계탑에서 「인터내셔널가」* 타종 소리가 혹한을 뚫고 방 안까지 울려 퍼졌다. 당시 앞 신문사 옥상 천장 유리는 깨진 채 몇 년간 내버려뒀는지 밝은 달빛에 까만 철골이 그대로 드러났다. 이후 모스크바 거리는 급격히 모습을 바꾸기 시작하더니 지금은 그 건물도 멋지게 수리되어 신문사와 출판 노동자의 클럽으로 자리 잡아 밤마다 음악이 내 창문으로 들어온다.

올 4월 모스크바를 떠나 프랑스나 영국을 돌며 대중의 생활상을 얼추 보고 다시 모스크바로 돌아왔다. 두 번째 모스크바 생활은 내 마음에 꽤 깊은 영향을 끼쳤다. 뚜렷한 비교 상대가 존재했기 때문이다. 이를테면 지금 보는 대단찮은 옥상 풍경에 담긴 의미와 베를린 공원 풍경에 담긴 의미는

---

* 노동자 해방을 노래하는 민중가요로 볼셰비키 정권 당시 국가이기도 했다.

다르다. 전혀 다른 감정을 느낀다는 말이다. 친구는 이미 책을 사 모으거나 출판일을 이어받아 해줄 사람을 찾는 등 귀국 준비에 들어갔다. 거꾸로 나는 더욱더 모스크바 생활에 매혹되어 갔다.

점점 불타오를 듯한 눈빛으로 맞은편 옥상을 골똘히 바라보는 내게 또 다른 테이블에 앉아 일하던 친구가 말했다.

"이제 곧 올 시간이야."

"아하!"

연한 파란색 점퍼 위에 외투를 걸치고 조용히 방을 나왔다. 머지않아 친구를 가르치는 어학 교사가 온다. 그사이 나는 언제나 거리를 산책한다.

트베르스카야 광장 거리를 지나 프라우다*사가 있는 쪽으로 걸어갔다. 인파에 섞여 완만한 언덕을 오르는 동안 하나의 명료한 고통에 사로잡혔다. 걷고 있다는 사실조차 잊어버릴 만큼.

지금 거리를 오른쪽으로, 왼쪽으로, 앞으로, 뒤로 속속 오가는 군중에게 나는 어떤 존재일까. 다양한 옷차림, 갖가지 얼굴과 감정을 지닌 그들은 남자든 여자든 모두 뭔가 실

* 1912년 창간된 공산당 기관지로 러시아어로 프라우다란 '진리'를 뜻한다.

제 의지를 품고 활기찬 새 모스크바 건설을 위해 바쁘게 구두 앞코를 옮긴다. 하지만 이렇게 그들과 같은 속도로 같은 포장도로를 걸어가는, 러시아 사회의 의미와 값어치를 이토록 이해하고 사랑하는 나는 어떠한가. 실은 그들과 전혀 다른 존재로 어떤 구체적인 조합에도 들어가지 못한 신세다. 이 사실을 또렷이 느꼈다. 쓰라린 자각이었다.

모스크바 생활 막바지, 과연 친구와 함께 이대로 일본으로 돌아가야 할지 아니면 나만 이곳에 남을지를 계속 고민했다. 종종 괴롭긴 해도 모스크바가 잡아끄는 힘은 강했다. 나는 맨머리 맨얼굴로 한 손에 붉은 작은 러시아 가죽 지갑을 꽉 쥔 채, 마음속 멈추지 않는 고통에 떠밀려 전족 한 중국 여자 장사꾼이 쭉 늘어선 가로수길 사이를 하염없이 걸어 다녔다.

" 인파에 섞여

완만한 언덕을 오르는 동안

하나의 명료한 고통에 사로잡혔다.

걷고 있다는 사실조차

잊어버릴 만큼. "

미야모토 유리코

모자를 벗다

사이토 모키치斎藤茂吉

1882년 야마가타현 출생. 1910년 도쿄대 의학과 졸업 후 정신과 의사로 활동하며 1913년 첫 가집 『적광』을 선보여 이름을 알렸다. 1917년부터 나가사키대 의학부 조교수로 재직하는 한편 1921년 『옥돌』을 출간해 명성을 쌓았다. 그해 유학을 떠나 오스트리아 빈대학에서 공부하다가 뮌헨대학으로 옮겨 박사 학위를 받고 1925년 귀국했다. 1927년 자신의 환자였던 아쿠타가와 류노스케가 처방해준 수면제를 먹고 자살하자 큰 충격에 빠져 한동안 은거하기도 했다. 이후 아버지의 뒤를 이어 아오야마정신병원을 운영하면서도 시와 수필을 활발히 발표했다. 1953년 2월 25일 일흔한 살에 세상을 떠났다. 「모자를 벗다」는 미발표된 글로 『사이토 모키치 전집 8』에 실려 있다.

슬슬 몸에 땀이 배어나는 계절이었으니 아마 5월을 훌쩍 지났을 무렵이지 싶다. 거리를 산책하다가 산 옛날 의학서를 양쪽 겨드랑이에 겹겹이 끼고 슈테판대성당 안으로 들어갔다. 지친 몸을 쉬일 겸 땀을 식힐 요량이었다. 양편으로 책 꾸러미를 잔뜩 짊어진 탓에 맞은편 기도대까지 가서 모자를 벗을 작정으로 어슴푸레한 성당 안 을씨년스러운 돌바닥 위를 걸어갔다. 아직 기도대까지 열 몇 걸음쯤 남았을 때, 한 남자가 성큼성큼 다가오더니 "모자를 벗으세요"라고 말하자마자 내 모자를 툭 쳐서 바닥으로 떨어뜨렸다.

그 순간 나는 무슨 생각을 했더라, 거의 생각할 새도 없이 잔달음질로 기도대까지 달려가서 무거운 책들을 위에 내려놓았다. 분노가 불끈불끈 치밀어 올라 참을 수 없었다. 그 남자가 또 보이자 어떻게든 맞받아치고 싶었다.

하지만 그러지 않았다. 스산한 성당 안 희미한 빛이 울분을 내리누르는 것 같았다. 한동안 이마에 손을 대고 있다가 조용히 걸어가서 바닥에 떨어진 모자를 집어 들고 왔다. 그리고 기도대 의자에 걸터앉아 근 한 시간이나 쉬었다. 머릿속에 솟아나는 것은 지금 듣는 수업 내용 따위로 이상하게도 모자를 떨어뜨린 남자를 향한 노여움은 점차 사그라졌다.

한숨 돌리고 나서 일어나 책을 옆구리에 끼고 모자챙을

입에 물고 슈테판대성당을 나섰다. 두 번 꾸지람을 들을 수는 없었다. 성당 출구 가까이에서 초라한 옷차림으로 구걸하는 노파에게 책 꾸러미를 잠깐 맡겼다. 이어 모자를 쓰고 노파에게 지폐 한 장을 건넨 다음 다시 책을 양 겨드랑이에 끼고 거리로 나왔다.

어스레한 성당에서 벗어나자 빈의 맑은 하늘에서 내리비치는 햇살이 눈부실 정도다. 거리를 한참 걸어가는데 어느새 몸에서 땀이 흐른다.

길 왼쪽에 그림엽서 파는 가게가 보였다. 가게 앞에 진열된 갖가지 엽서를 들여다보고 있자니 조금 전 일이 마음에 되살아나 견디기 힘들었다. 그렇다고 해서 그 분노를 어떻게 쫓아내야 하는지 방법은 몰랐다. 나는 일단 Dienstmann을 불러서 책 꾸러미를 숙소로 배달시켰다. 그러고는 잠시 멍하니 길거리를 바라봤다. Dienstmann이란 일찍이 모리 오가이가 규슈 고쿠라에는 '전편伝便'이 있다고 문장*에 쓴 그 잔심부름꾼을 말한다.

혼자 멀거니 서 있는데 맞은편을 지나가는 청아한 여인이

---

* 소설가 모리 오가이(森鴎外 1862~1922)가 고쿠라에서 근무할 때 쓴 단편 「독신」에 나오며, 서양에서 고쿠라로 수입된 문화로 광고탑과 길가에 서서 편지나 짐을 운반해주는 '전편'을 들었다.

눈에 들어왔다. 여인은 나를 흘끗 쳐다보고 미소를 짓자마자 쌩하니 걸어갔다. 그 여인을 유학생들은 '검은 리본 아가씨'라고 불렀다. 얌전하고 아름다운 얼굴을 한 그 여인이 모자에 검은 망을 드리운 채 카페 구석에 앉아 일본인 유학생과 수줍게 이야기를 나누었다고 해서 붙여진 이름이다. 당시는 오스트리아가 전쟁에서 패해 매우 곤란을 겪던 시기다.

청아한 '검은 리본 아가씨'를 보니 모자 문제로 들끓던 분노가 어느새 잦아들었다. 그녀는 이미 검은 망사를 모자에서 떼고 명랑한 표정을 하고 있었다.

빈에 머무른 지도 곧 해를 넘길 무렵에 이르렀다. 그날은 어느 유대교 회당에 들어갔다. 회당 안에서는 마침 예배를 드리는 중이었고, 일부 사람은 법복 비슷한 휘황찬란한 옷을 입었다. 다소곳이 모자를 벗고 빈 좌석에 걸터앉아 마음을 가라앉히려는 찰나 앞쪽에서 한 남자가 성큼성큼 걸어오더니 "모자를 써주세요"라고 말했다.

나는 깜짝 놀라 얼른 모자를 도로 썼다. 아마 옆에서 봤으면 얼굴이 빨개져 있었을 게 틀림없다. 나중에 이웃이 유대교 회당에서는 모자를 벗지 않고 써야 한다고 알려줬다.

밤 산책

나가이 가후 _{永井荷風}

1879년 도쿄도 출생. 1900년 가부키 극장 전속 작가로 들어가 야학에서 프랑스어를 배우며 에밀 졸라와 보들레르에 심취했다. 1902년 『지옥의 꽃』을 발표해 모리 오가이에게 극찬받았다. 1903년 미국을 거쳐 프랑스에 머물다가 1908년 귀국, 이듬해 출간한 『프랑스 이야기』가 풍기 문란이란 이유로 판매 금지당했다. 1910년 게이오대 문학과 교수가 되어 『미타문학』을 창간하고 편집했다. 이후 동시대 문명에 대한 혐오감을 토로하며 탐미주의 화류소설 『묵동기담』, 산책 수필 『게다를 신고 어슬렁어슬렁』 등을 남겼다. 1959년 4월 30일 여든 살에 세상을 떠났다.

「밤 산책」은 1908년 8월 출간된 『미국 이야기』에 실린 글이다.

도시의 밤을 사랑한다. 불빛 찬란한 항구를 사랑한다. 하코네 밝은 달이나 오이소 바다 물결보다 긴자에 깃든 황혼이나 요시와라 유곽 한밤이 더 멋지기에 무더운 계절 홀로 도쿄 집에 머무를 때도 누구나 알다시피 그곳에 간다.

그러니 일단 뉴욕에 도착한 이래 가는 곳마다 온통 불이 꺼지지 않는 이 신대륙 대도시의 밤이 얼마나 즐겁겠는가. 새삼 말하지 않아도 알리라. 뉴욕은 실로 놀랄 만큼 불야성 중의 불야성이다. 일본에서는 도저히 상상할 수 없을 정도로 환하고 눈부신 전등의 마계다.

해가 져서 밤이 온다 싶으면 거의 무의식적으로 집을 나선다. 대로, 골목, 극장, 레스토랑, 정거장, 호텔, 댄스홀……어디든 상관없다. 찬란한 불빛이 가득한 세계를 보지 못하면 적막하기 그지없고 슬프기 짝이 없다. 마치 살아 있다기보다 격리된 듯한 절망을 느낀다. 전등 빛깔은 마침내 내 생활에 없어서는 안 될 물건이 되었다.

나는 본능으로든 이성으로든 이 전등 빛깔을 사랑한다. 피처럼 붉고 황금처럼 깨끗한 때론 수정처럼 창백한 그 빛과 그 광채는 어쩐지 미묘한 감흥을 자아낸다. 미인의 깊고 푸른 눈동자도, 아름다운 보석도 도저히 미치지 못한다.

꿈 많은 청춘의 눈에 전등은 인간이 지닌 모든 욕망, 행복, 쾌락을 상징하며 지상을 비춘다. 동시에 인간이 신의 의지로 되돌아가 자연법칙에 맞서는 힘이 있음을 보여준다. 인간을 밤의 어둠에서 구하고 죽음의 잠에서 깨운다. 바로 이 전등 불빛이. 전등은 사람이 만든 태양이 아니라 신을 비웃고 지식을 뽐내는 죄의 꽃이다.

하여 전등 불빛이 비추는 세계는 '악마의 세계'다. 더럽고 흉한 사람도 전등 불빛을 받으면 깨끗하고 아름답게 보인다. 도둑의 얼굴도 구세주처럼 비장하게, 방탕아의 몸짓도 왕족처럼 고상하게 보인다. 신의 영화로운 영혼이 불멸하리라 노래하지 못하는 타락한 시인은 전등 불빛 속에서 처음으로 죄와 암흑의 아름다움을 발견한다. 보들레르가 지은 한 구절.

Voici le soir charmant, ami du criminel;

Il vient comme un complice, à pas de loup; le ciel

Se ferme lentement comme une grande alcôve,

Et l'homme impatient se change en bête fauve.

해석하면 "악당의 친구, 사랑스러운 밤은 늑대의 발걸음으로 조용히 공범처럼 다가온다. 실로 넓은 침실처럼 하늘이 서서히 닫히면 초조해진 인간은 금세 야수로 바뀐다."

어젯밤도 여느 때처럼 거리에 전등이 켜지자마자 곧바로 밖으로 나왔다. 사람이 북적거리고 음악이 흘러나오는 부근에서 만찬을 즐긴 뒤 한 극장에 들어갔다. 연극을 보기 위해서가 아니라 관람석에 앉아 금색으로 칠한 높은 원형 천장이며 넓은 무대며 온통 반짝반짝 빛나는 불빛에 취하기 위해서였다. 많은 무희가 나와 시끄럽게 유행가를 부르는 멋없는 뮤지컬과 코미디를 골랐다.

그렇게 저녁 시간을 때우다가 이윽고 폐장을 알리는 왈츠를 들으며 군중과 함께 거리로 나왔다. 차가운 바람이 쏴 하고 불며 얼굴을 때린다. 늘 극장을 빠져나오는 이 순간에 느끼는 정취를 잊지 못한다. 멈춰 선 채 둘러본 거리는 초저녁 입장할 때의 소란스러움은 자취를 감추고 어느새 조용한 밤의 그림자가 자욱이 내려앉아 있다. 갑자기 낯선 거리를 헤매는 것처럼 몽롱한 불안에 휩싸인다. 동시에 호기심을 자극해 정처 없이 발걸음을 옮기고픈 기분이 든다.

그렇다, 한밤중 거리가 자아내는 정취는 바로 이 불안과 회의와 호기심이 불러일으키는 신비에 있다. 이미 불을 끄고 문을 닫은 상점 그늘에 사람이 서 있으면 도둑인가 의심이 들고, 누가 무슨 일을 저지를까 신경이 곤두서고, 골목길 모퉁이에 엄숙한 제복 차림으로 경찰이 서 있으면 괜히 범

죄를 연상한다. 모자를 눈썹 아래까지 눌러쓰고 양손을 주머니 속에 찔러넣은 채 걸어가는 남자는 죄다 도박에 빠져 자살을 꿈꾸는 듯싶고, 어둠 속에서 튀어나와 어둠 속으로 달려가는 마차는 으레 부도덕한 사랑에 빠져 남몰래 만나는 남녀가 안에 숨은 듯하다.

가슴은 까닭 없이 두근두근하고 마음은 자꾸 조마조마하다. 호텔이나 살롱에 걸린 전등이 이슥한 밤을 짐짓 아는 체하며 새빨갛게 물들이는 광경을 보니, 덧없는 세상에서 최고의 즐거움은 밤거리에 있다는 생각마저 든다. 들락날락하며 흔들리는 남녀 그림자는 방탕한 화원을 노닐며 춤추는 나비를 닮았다. 이따금 흘러나오는 그들의 웃음소리며 말소리는 뭐라 말할 수 없는 감미로운 유혹의 음악이다.

무서운 '운명'의 시간. 바람을 방불케 하는 옷자락 소리가 크게 나고 화장품 향기를 밤공기에 뿌리는 여인이 갑자기 길거리 불빛 아래 모습을 드러낸다. 여인은 밤의 영혼이자, 과오와 추악의 화신이다. 소녀 마르그리트 집 문간에 악마 메피스토가 불러낸 마계의 천사가 내려올지니. 그녀는 밤거리를 헤매는 젊은 남자의 과거와 미래를 들여다보고 온갖 감정과 운명을 꿰뚫어 보는 여신이다.

젊은 남자는 자신을 불러 세우는 목소리를 듣고 곁으로

다가오는 모습을 본다. 지나간 옛날의 전조를 지금 다시 눈 앞에서 바라보는 심정에 빠져 숙명에 만족하고 희생을 감수 하며 차가운 오욕의 손을 움켜잡는다.

　나는 극장을 나와 더한층 깊어진 브로드웨이 밤거리를 걸 어 다닌다. 예의 매디슨애비뉴 거리에 돌기둥처럼 우뚝 솟은 20여 층 건물을 꿈의 누각이라며 얼핏 보고 지나친다. 이윽 고 유니온스퀘어 광장에 다다른다. 울창한 나무 사이로 불 빛이 새어 나온다. 가까이 다가가니 나무 그늘 속 분수대에 서 물방울 떨어지는 소리가 들린다. 마치 고요한 밤에 사람 이 훌쩍훌쩍 울고 있는 것 같다. 근처 벤치에 걸터앉아 물 위로 전등 그림자가 생겼다 사라졌다 하는 모습을 바라보며 홀로 공상에 잠긴다.

　누군가 가까이 다가오는 발소리, 이어 뭔가 속삭이는 목 소리가 들린다. 잠시 후 다시 걸음을 내딛지만…… 아, 어디 서 붙잡혔는가. 나는 밤의 악녀와 마주 서서 그녀 손이 잡아 끄는 대로 낯선 뒷골목으로 걸어 들어간다.

　주변을 둘러보니 양쪽에 늘어선 연립주택은 먼지로 뒤덮 이고 붉은 벽돌은 새까맣다. 문짝이 뒤틀린 창문마다 불빛 이 보이지 않는다. 나지막한 돌계단 위쪽 문간에 어둠이 떠 돌고 길가에서 악취 나는 습기가 흘러나와 코를 때린다. 여인은 돌연 멈춰 서더니 근처 가로등에 기댄 채 잠시 내 모습을 바라보다가 금세 빨간 입술 사이로 하얀 이를 내보이며 미소 짓는다.

나는 무심코 몸을 떤다. 그래도 잡힌 손을 뿌리치고 도망갈 생각은 들지 않는다. 아니, 도리어 스스로 어둠 속에 빠져들고픈 열망에 사로잡힌다.

이상하게도 '악'이 좋다. 어째서 금지된 열매는 맛있어 보이는 걸까. 금단은 단맛을 더하고 파계는 향기를 보탠다. 골짜기를 흐르는 냇물을 보라. 바위가 없으면 물결은 일렁거리지 않는다. 양심이 없고 도덕이 없으면 인간은 죄를 모험하고 악을 즐기기 마련이다.

그녀가 이끄는 대로 어두운 문으로 들어가 캄캄한 사닥다리계단을 올라간다. 아무것도 깔리지 않은 계단은 마치 얼음을 밟아 바스러뜨리는 듯한 소리가 난다. 걸을 때마다 그 소리가 인기척 없는 집 안에 울려 퍼진다. 어디선가 차가운 습기가 차올라서 죽은 사람의 머리칼처럼 옷깃을 어루만진다.

2층, 3층 드디어 5층쯤 이르자 여인은 찰칵찰칵 열쇠 소리를 내며 문을 열고 나를 그 안으로 밀어 넣는다. 짙은 어둠이 빽빽이 들어찬 방에 가스등을 켜자 비밀의 구름이 걷한다. 눈앞에 갑자기 찢어진 소파, 낡아빠진 침대, 물이 담긴 세면대가 흐릿하게 보이고 갖가지 가구가 어수선한 방이 마술처럼 모습을 드러낸다. 다락방으로 천장이 낮고 벽은 거무스름하다. 이쪽저쪽에 벗어 던진 더러운 잠옷이며 속옷이며 헌 양말 따위가 널려 있다. 생각보단 편안한 기분이 든다. 그렇기는 해도 깔끔이 흐트러진 개집이나 똥투성이 새집을 엿볼 때 느끼는 기분 좋은 감정과 비슷하다.

내가 두리번거리는 사이 여인은 재빨리 모자와 상의를 벗는다. 그러고는 희고 짧은 슈미즈 차림으로 소파에 걸터앉아 담배를 피우기 시작한다. 나는 팔짱을 끼고 고고학자가 이집트 사막에 세워진 스핑크스를 우러러보듯 말없이 지켜본다.

보라. 그녀가 양말 신은 두 다리를 무릎 위까지 드러낸 채 한쪽 다리를 한쪽 무릎 위에 올려놓고 노골적으로 가슴을 보여주려 상반신을 뒤로 젖히며 두 팔을 올려 뒷머리를 받치고 얼굴을 들어 담배 연기를 천장에 내뿜는 모습을. 신을 무서워하지 않고 사람을 두려워하지 않으며 온갖 세상 미덕을 매도하는, 참혹하면서도 용감한 반항과 오욕을 상징하는 석상이 아니면 무엇이란 말인가. 그녀의 하얀 분가루와 붉은 입술과 맨다리는 보석을 똑 닮았다. 파괴의 '시간'과 싸우는 그 몸짓은 고성낙일孤城落日*의 비장미가 감돌았다. 무거운 눈꺼풀 아래 잠든 건지 깬 건지 모를 눈빛은 뿌연 연기와 짙은 안개를 토해내는 오사와 온천수에 비유해야 할까. 데카당스파의 아버지 보들레르는 이렇게 표현했다.

Quand vers toi mes désirs partent en caravane,
Tes yeux sont la citerne où boivent mes ennuis.

"나의 욕망, 카라반처럼 그대 쪽으로 방향을 틀 때, 그대 눈은 내 괴로운 마음을 축축이 적시는 물이 되리."

Tes yeux, où rien ne se révèle
De doux ni d'amer,
Sont deux bijoux froids où se mêle
L'or avec le fer.

또 "기쁨도 슬픔도 어떤 빛조차 내보이지 않는 그대의 눈은, 철과 황금을 한데 섞은 차가운 보석 같다." 이런 여인의

---

* 당나라 시인 왕유의 시에 나오는 말로 외딴 성과 서산에 지는 해 즉 홀로 외로운 처지를 뜻한다.

눈이 아닐까.

나는 이미 10월의 가련한 춘희 마르그리트가 지닌 깊은 근심만으론 만족할 수 없다. 그들은 너무 약하다. 그들은 습관과 도덕이란 비에 떨어진 한 떨기 꽃으로 형벌과 징계란 폭풍에 시들었다. 죽음과 파멸이란 하늘을 향해 악의 덩굴을 뻗어 죄의 잎사귀를 펼치는 독초의 기개가 모자라다.

아, 악의 여왕이여. 나는 어두운 술집 밑바닥으로 방울져 떨어지는 술처럼 차가운 피가 울려대는 가슴 위에 번민하는 머리를 내려놓았다. 그때 연인의 사랑이 아니라 자매의 따뜻한 손길, 인자한 어머니의 비호를 느꼈다. 방탕과 죽음은 쇠사슬로 이어져 있다. 언제나 변함없는 내 어리석음을 비웃어주길. 나는 지난밤 이 여인과 함께 시체처럼 누워 잠들었다.

지하 묘지

요사노 아키코 与謝野晶子

1878년 오사카부 출생. 1900년 훗날 남편이 되는 가인 요사노 뎃칸의 제자로 들어갔다. 1901년 첫 가집 『헝클어진 머리칼』로 일약 인기 작가가 됐다. 1904년 반전시 「님이여 죽지 말지어다」를 발표해 찬사와 비난을 동시에 받았다. 1912년 파리에 머물던 뎃칸을 찾아가 함께 영국, 벨기에 등을 여행한 뒤 돌아와 시가뿐만 아니라 소설, 수필 등 다방면에서 활약했다. 1914년 귀국한 뎃칸과 공저로 여행기를 담은 『파리에서』를 출간했다. 1921년 학교를 세우고 남녀평등 교육과 여성운동을 펼쳤다. 만년에는 고전문학을 현대어로 소개하는 작업에 몰두했다. 1942년 5월 29일 예순네 살에 세상을 떠났다. 「지하 묘지」는 1914년 5월 출간된 『파리에서』에 실린 글이다.

파리는 7월 중순부터 흐린 하늘에 부슬비가 내리는 날이 이어진다. 늦가을처럼 찬 공기에 다들 겨울옷을 입고 있다. 우중충한 날씨에 더해 우리는 상중이라 더욱더 기분이 우울할 따름이다. 일본에서 장례를 마칠 때까지는 외출을 삼갈 작정이라 연극을 보러 가지도 않는다. 조만간 독일부터 네덜란드까지 쭉 둘러보고 오려던 계획은 자꾸 비가 오니 미뤄지기 십상이다.

와다 산조* 씨로부터 표를 받은 덕에 그저께 토요일에 지하 묘지인 카타콩브를 보러 갔다. 미리 시청에 예약을 해두면 매달 첫째 날과 토요일에 볼 수 있단다. 나는 원래 기분 나쁜 곳을 싫어한다. 평소 골동품에 별로 흥미도 없는데, 하물며 자신의 생활과 전혀 관계없는 지하 동굴에 쌓인 해골 따위 더더구나 보고 싶지 않았다. 하지만 호기심이 많아 뭐가 됐든 괴상한 물건이라면 꼭 보고야 마는 남편이 "마차로 모실 테니까"라고 꼬드겨서 숙소를 나왔다.

12시 반 문 여는 시간까지 골목 모퉁이 레스토랑 테라스에서 점심을 먹고 기다리자니 구경꾼들이 자동차와 마차를 타고 카타콩브 문 앞으로 점점 모여들었다. 그 무리 속에 작

* 와다 산조(和田三造 1883~1967) 서양화가로 요사노 아키코의 단행본 삽화와 장정을 담당하기도 했다.

은 판지에 나무 손잡이를 붙여 만든 촛대에 초를 꽂아 파는 할아버지 한 분이 섞여 있었다. 구경꾼이 모두 앞다퉈 촛대를 사는 가운데 와다 씨가 오스미 씨, 히라오카 씨* 부부를 데리고 마차에서 내리는 모습이 보였다. 우리는 가게를 나와 그들과 합류했다.

구경꾼들은 문지기에게 표를 건네주고 한 줄로 서서 전등이 켜진 좁은 나선형 돌층계를 따라 천천히 지하로 내려갔다. 장난삼아 성경을 소리 내어 외우는 한 무리의 남자들이 사람들을 웃겼다. 일본이라면 염불을 읊어댔으리라. 무려 300계단이나 내려오자 드디어 지하 동굴 입구에 다다랐다. 귀신이 아닌 경찰 한 명이 휴대용 석유등을 들고 서 있다. 사람들은 잠시 멈춰 서서 석유등으로 초에 불을 붙였다.

동굴은 세 줄로 나란히 서서 걸을 만한 넓이로 위는 일반 집 천장보다 높았고, 온통 화강암으로 둘러싸여 견고한 파리 지반을 짐작케 했다. 바닥에는 흰모래를 깐 모양인지 깨끗한 길이 양쪽 벽 바위틈에서 자연적으로 스며 나오는 물에 젖어 약간 축축했다. 좌우에는 여기저기 커다란 검은 관이 묻혀 있었다. 사람들이 촛불을 가까이 대고 안을 들여다

---

* 각각 미술평론가인 오스미 다메조(大隅為三 1881~1961), 화가인 히라오카 곤파치로(平岡権八郎 1883~1943).

보지만 아무것도 보이지 않는다. 돌벽 위에 적힌 지상의 거리 이름이 걸을 때마다 바뀌어 대략 거리 세 개쯤 돌아다니고 있음을 알았다. 죽음의 세계에도 인간계 거리 이름이 영향을 미친다는 사실이 이상했다.

몸을 숙이고 관 속을 살펴보느라 5미터쯤 뒤처진 와다 씨와 남편을 기다리는데, 어린 시절 들은 삼도천에서 죽은 자를 기다렸다 죄를 묻는다는 할멈과 할아범 이야기가 떠올랐다. 다시 60미터가량 걸어가자 10평 남짓한 원형 광장이 나오나 싶더니 정면에 크고 근엄한 돌문이 서 있었다. 돌문 안으로 들어가자 또 광장이 나타나고 어둠 속에서 입을 벌린 두 번째 돌문을 마주했다.

이곳부터가 카타콩브 본당이다. 문을 들어서서 오른쪽으로 꺾으니 갑자기 소라 껍데기처럼 굴곡이 심해지다가 비로소 수많은 해골이 쌓인 제단이 모습을 드러낸다.

양옆에 황갈색이며 암자색 갈비뼈와 팔다리뼈가 1.8미터 정도 높이로 촘촘히 쌓였고, 그 곁에 속이 텅 빈 머리뼈가 줄줄이 포개져 늘어섰다. 개중에는 해골 하나를 중심으로 주변에 팔다리뼈를 여러 가지 모양으로 쌓아 올린 더미도 보였다. 구역마다 천구백몇 년 어느 묘지에서 발굴했다는 내용이 쓰여 있는데, 파리 도시 정비 때나 지하철 공사 때 각

묘지에서 발굴한 무연고 해골을 모았기 때문이다. 다소 유명한 사람 유골로 이장할 자손이 없어 이곳에 옮겨진 경우는 특별히 묘비를 세워 놓았다.

해골로 가득 찬 굴이 무려 500미터 넘게 계속되지만 의외로 섬뜩하지 않았다. 어떤 사람은 솜씨 좋게 올려 쌓은 팔다리뼈를 보고 장작 가게 앞을 지나가는 것 같다고 했다. 과연 그런 느낌만 들 뿐이었다. 죽음을 향한 엄숙한 감정은 전혀 일지 않았다. 와다가키 겐조 박사가 일찍이 카타콩브를 보고 "파리 사람은 해골을 구경거리로 삼고 있다"고 비난했는데 일면 지당한 말이다.

앞서 걸어가는 구경꾼은 발걸음을 멈추고 원래 묘지명이나 이따금 마주치는 묘비명을 읽는다. 영국 사람과 미국 사람은 제 이름을 돌벽 위에 새긴다. 살아 있는 망자의 줄은 몇 번이나 가다 서다 한다. 나는 혹시나 손에 든 촛불이 앞 여자의 모자챙이나 치맛자락을 태워버리지는 않을까 하는 걱정밖에 달리 아무 생각이 없었다. 오히려 런던 대영박물관 전시실에서 본 이집트 미라 몇십 구가 더 섬뜩했다.

이윽고 카타콩브 본당이 끝났다. 우리는 다시 돌문 두 개를 빠져나와 100미터쯤 어두운 지하 동굴을 걸어 나선형 돌층계를 올랐다. 처음 들어간 입구에서부터 900미터가량 떨어진 거리에 출구가 열려 있었다. 아까 산 초는 거의 다 타고 말았다. 구경꾼 모두 출구에 놓인 상자 속에 초를 촛대째 내던지고 밖으로 나갔다. 돌아오는 길, 마차 위에서 넓은 흐린 하늘을 올려다보며 후유 하고 숨을 길게 내쉬었다. 지상이 아닌 지하 암흑세계를 한 시간 남짓 걸어 다녔다니, 유쾌한 경험이었다.

물 위 거리

요사노 뎃칸与謝野鉄幹

1873년 교토부 출생. 1894년 단가집 『망국의 소리』를 시작으로 『동서남북』, 『천지현황』을 잇달아 펴내며 이름을 알렸다. 1900년 문예지 『명성』을 발간하며 시단에 낭만주의 시대를 열었다. 1901년 아키코와 결혼, 창작 활동을 이어가던 중 1908년 『명성』 폐간과 함께 극심한 슬럼프에 빠졌다. 1911년 기분 전환 겸 프랑스 파리로 떠났고, 이듬해 뒤따라온 아키코와 함께 넉 달간 유럽을 여행했다. 아내가 돌아간 뒤에는 홀로 이탈리아와 오스트리아를 돌아보고 1914년 귀국했다. 1919년부터 게이오대 문학부 교수로 재직하며 많은 시인을 길러냈다. 1935년 3월 26일 예순두 살에 세상을 떠났다. 「물 위 거리」는 1914년 5월 출간된 『파리에서』에 실린 글이다.

오전 4시, 베네치아에 도착했다. 물 위 거리는 밤안개 속에 어렴풋이 검게 떠 있다. 승객이 적은 밤 기차에서 내린 30명 남짓한 사람들은 날이 밝아야 오는 통통배를 기다릴 작정인지 대부분 정거장 대합실로 들어갔다. 앞 물기슭에는 곤돌라 대여섯 척이 머물며 손님을 불렀다. 서너 명이 곤돌라를 타길래 나도 그중 한 척으로 뛰어올랐다.

어이쿠, 뛰어오르는 바람에 곧 곤돌라가 뒤집힐 뻔했지만, 다행히 옆에 서 있던 날품팔이 사내가 뱃머리를 눌러줬다. 곤돌라 안에서 사공이 내미는 손을 붙잡고 살며시 올라타 자리를 잡았다. 당장 날품팔이 사내 손에 5푼짜리 동전 하나를 쥐여주지 않으면 안 되었다. 곤돌라는 춤추듯 날쌔게 물을 가르며 작은 운하로 들어갔다. 우단 깔린 새까만 놀잇배에 걸터앉으니 상하이에서 한밤중 탔던 중국 조각배가 떠올랐다.

좁은 운하 좌우에는 높은 집이 줄줄이 단락을 짓고, 어둠과 밤안개로 전방 3미터도 채 보이지 않는다. 운하는 멋대로 구불구불 흐르고 이따금 모퉁이 벽 위에 자그마한 가스등이 뿌옇게 켜져 있다. 마주 오는 배도 없건만 큰 모퉁이에 다다를 때마다 사공은 "어이" 하고 묘하게 외로운 말투로 소리친다. 이제 찰랑찰랑 물을 가르는 노 젓는 소리뿐이다.

홀로 앉아 있으니 어쩐지 마음이 불안했다. 20분 후 다시 큰 운하로 나가 시인 이름을 집에 붙인 호텔 카사 페트라르카* 문 앞에 도착했다. 그제야 후유 하고 마음이 놓였다. 문 옆 초인종을 사공이 한참 누르자 이런 사람을 두고 베네치아 미인이라고 하겠구나 싶은, 티치아노 그림에서나 볼 법한 눈이 엄청 큰 젊은 여인이 잠옷 위에 서둘러 두른 붉은 격자무늬 앞치마 차림으로 흰 초를 손에 들고 문을 열었다.

잠깐 잠들었나 싶었는데 머지않아 물 건너 사원 여기저기에서 울려대는 아침 종소리가 들려오는 통에 눈을 떴다. 창문 아래가 시끄러워서 블라인드를 걷어 올리니 운하는 아직 물빛 안개로 덮여 있다. 희미한 아침 햇빛이 안개에 스며들어 푸른 물이 보랏빛을 띠고, 수면에 앞뒤 집집 기둥이며 난간이며 깃발이며 곤돌라 묶는 말뚝이 갖가지 색으로 비친다. 그 풍경이 못 견디게 아름답다. 그리고 운하를 오가는 곤돌라 뱃사공의 목소리가 요란하다.

아침밥을 먹고 호텔 문을 나서자 바로 60미터쯤 왼쪽에 재미있는 모양을 한 다리가 보였다. 다리 양쪽이 통로인데 중앙부 양옆에 상가가 늘어서서 직물이나 베네치아 명물인

* 이탈리아 시인으로 르네상스 시대를 연 인문주의자로 평가받는 프란체스코 페트라르카를 가리킨다.

유리그릇 또는 모자이크 세공품 등을 판다. 이것이 베네치아를 가로지르는 400개 넘는 다리 중 제일 오래되고 유명한 리알토 다리였다.

리알토 다리를 건너 지도가 가리키는 대로 오른쪽으로 꺾었다. 좁은 길은 막다른 골목인가 싶더니 오른쪽과 왼쪽으로 비스듬히 몇 갈래씩 갈라진다. 다리 또 다리가 나와서 건너면 종종 막다른 길에 다다르고 종종 돌아가는 길이다. 마치 미궁 속을 걸어가는 것 같다. 남자들은 그다지 눈에 띄는 데가 없는 반면 여자들은 좀 다르다. 나이가 많든 적든 바닥에 질질 끌릴 만큼 길고 넓은 치마를 입고 어깨에 걸친 허리 아래까지 내려오는 기다란 검은 숄을 가슴께에서 한 손으로 모아 쥔 채 걸어가는 모습이 눈길을 끈다.

이시이 하쿠테이 화백이 마음에 들었다는 옷차림이 이 스타일인 모양인데, 내 눈에는 십수 년 전 일본 시골 여학생을 보는 듯 촌스럽게 느껴졌다. 대체로 베네치아는 미인이 많다고 칭찬하지만, 눈이 크고 코가 매우 높을 뿐 얼굴빛은 검푸르고 표정은 침울하다. 물론 하쿠테이 화백은 오래 머물렀기에 양갓집 규수를 많이 만나본 다음 내린 의견일 터. 나는 짧은 체류 기간 동안 조금 전 배웅해준 호텔의 외동딸을 빼곤 달리 아름답다고 생각되는 여인은 없었다.

갑자기 광장이 나타났다. 회랑이 있는 거대한 층루가 삼면을 에워싸고, 다른 한 면에 몇몇 돔과 각양각색 대리석으로 만든 수십 개 기둥과 다섯 개 문으로 이루어진 산마르코 대성당이 보인다. 금색과 벽색, 적색과 흰색이 어우러져 차분하고 우아한 정취를 자아내는 성당 외벽 그림이 앞에 우뚝 솟은 세 개의 커다란 깃발 위로 환하게 빛난다.

광장 중앙에는 베네치아 명물 비둘기가 셀 수 없이 잔뜩 내려앉아 땅콩이나 과자를 던져주는 여행객 주변을 맴돈다. 개중에는 사람 어깨나 손에 태연스레 올라가는 녀석도 있다. 회랑 안에 쭉 늘어선 상점에서 토산품을 권하는 소리를 귓등으로 흘리며 왼쪽 높은 종탑을 흘끗 쳐다본 뒤 검게 그을린 산마르코대성당 문을 밀고 들어갔다.

마침 하얀 사제복에 금빛 비단 띠를 걸친 나이 든 신부가 아침 예배를 올리는 참이었다. 처음 보는 비잔틴 양식 건축물과 모자이크 벽화는 고딕이나 르네상스 양식과 다른 예스럽고 아담한 특색이 있었다. 안내자가 부탁도 하지 않았는데 자물쇠로 문을 열고 여기저기를 보여줬다. 중이층 같은 공간에도 올라갔다. 높은 벽에 그려진 벽화와 천장화를 가까이서 바라봤다. 다 보고 나가려니 안내자가 1프랑을 달라고 졸랐다.

산마르코대성당과 이웃한 옛날에 베네치아 총독이 살았다는 두칼레궁전은 모네가 몇 년 전 봄에 그린 그림으로 익히 알았다. 아쉽게도 그날은 무슨 연회가 열리는 탓에 들어가지 못했다. 미술관도 쉰다는 말에 맞은편 물가로 건너가려던 계획을 바꿔 해안으로 나가 곧장 북쪽을 향해 걸어갔다.

아드리아해는 봄날처럼 아지랑이가 아물거리고 정박한 크고 작은 증기선은 연회를 위해 화려하게 단장을 한다. 베네치아가 해상의 패왕으로 동양까지 오가던 옛 귀족정치 시대를 상상하지 않을 수 없었다. 지금은 그림엽서며 가짜 보석을 파는 장사꾼이 거리를 오가는 여행객을 졸졸 따라다녔다.

나는 어느새 코발트색 옷에 검붉은색 조끼를 입은 이 나라 청년 해군 장교와 프랑스어로 이야기를 나누며 걸었다. 해군 장교는 중세부터 지금까지 이어져 온 해군 조선소에 나를 데려가서 연회 때문에 바쁜데도 내부를 보여줬다. 고대 배 모형 등이 신기했지만 출입구 앞에 놓인 그리스에서 가져온 오래된 사자 조각상 네 개가 더 흥미로웠다.

호텔에서 점심 식사를 마치고 곤돌라로 산타마리아성당을 비롯해 여러 성당을 순례했다. 대운하 양쪽 기슭에 자리한 건물은 옛날에 지어질 당시에는 대개 귀족의 저택이었지만, 지금은 호텔로 바뀌었거나 이름 없는 부호가 소유했다.

　푸른 누각, 붉게 칠한 난간, 금박 가루로 그린 벽화가 물에 비치고 위층에서 형형색색 커다란 깃발이 나부낀다. 운하를 향한 입구마다 곤돌라를 매어두는 수십 개 말뚝조차 파랗고 빨갛게 칠해져 아름답다. 뱃사공은 포스카리나 바르바로 같은 귀족 이름을 줄줄이 읊어대며 그 가문 저택을 손가락으로 가리켰다. 프랑스어를 할 줄 아는 뱃사공이 그중 지금은 미술품 제조소로 바뀐 저택이 보일 적마다 무턱대고 곤돌라를 댄 다음 기념품을 사라고 권했다. 모자이크 세공소 등 두세 군데 들러 기념품을 사게 하는데 나중에는 질려서 뭐라고 말해도 배에서 내리지 않았다.

　저녁나절에는 호텔 뒤편에 있는 채소 시장과 어시장을 지나 가장 번화한 거리를 산책했다. 폭이 좁은 잡화점이 부조화하게 짙은 색깔로 칠해진 모습이며 사람들 풍채가 몹시 꾀죄죄한 게 상하이 옛 성내와 비슷했다. 근처 좁다란 길모퉁이에서는 즉석에서 삶아 김이 모락모락 나는 고구마나 배를 팔았다.

　셋째 날에는 미술관에서 티치아노의 「성모승천」, 「피에타」를 비롯해 티에폴로의 그림을 본 다음 귀족정치 시대 영광이 담긴 두칼레궁전도 둘러봤지만, 피렌체행 기차 시간이

촉박해 자세히 쓸 여유가 없다. 마지막으로 어젯밤 밝은 달빛 아래 어디선가 울리는 기타 소리를 들으며 홀로 잠들 때 어쩐지 서글펐다는 사실을 덧붙인다.

꽈배기빵의 노래

다케히사 유메지 竹久夢二

1884년 오카야마현 출생. 1902년 와세다실업학교에 입학, 삽화 「우물 안 벽」이 공모전에서 입상하며 데뷔했다. 1909년 『유메지화집 봄 편』, 1913년 『휴일』로 일약 인기 작가가 됐다. 이후 도쿄에 화랑을 차려 직접 디자인한 잡화를 선보이며 서정미 넘치는 '유메지식 미인'이란 독특한 화풍을 완성해 시대를 풍미했다. 그림은 물론 시, 수필, 동화를 넘나들며 활약하던 중 1931년 미국을 거쳐 유럽으로 건너가 독일, 오스트리아, 프랑스 등지를 순례했다. 1933년 귀국해 여행을 기록한 그림과 글을 모아 전시회를 개최했다. 1934년 9월 1일 쉰 살에 결핵이 악화해 세상을 떠났다.

「꽈배기빵의 노래」는 1932년 12월 잘츠부르크에서 쓴 글이다.

잘츠부르크의 아름다운 '성모 마리아상'을 바라봤다. 고개를 살짝 왼쪽으로 기울여 숙인 채 합장하는 조각의 아름다움이란. 동양적 정적과 중세 일본 여인의 근심 어린 기색을 느끼며 새로운 발견인 양 기뻐했다. 베데커 여행 안내서나 토마스쿡 여행 책자 하나 안 든 내 여행은 그때그때 되는 대로 돌아다니기 일쑤다. 예전에 읽은 미술사도 거의 다 잊어버린 덕에 아름다운 것을 보면 그저 솔직하게 깜짝 놀랄 수 있으니 일면 행복한 산책이다.

잘츠부르크에서 모차르트가 태어났다는 사실조차 몰랐다. 오늘은 가톨릭 축일이라 마을의 선남선녀가 산으로 놀러 나가듯 미사를 드리러 성당으로 졸래졸래 걸어갔다. 붉은 조끼에 옷자락이 긴 검은색 치마를 입은 여자들, 깃 달린 풀색 티롤모를 쓴 남자들, 코가 오똑한 노인들 사이에 섞여 걷는 동안 어느새 모차르트의 집에 다다랐다. 나는 강 건너 산 위 성이 멀리 바라다보이는 전망대에 걸터앉아 쓰다 만 '꽈배기빵의 노래' 원고를 손봤다.

전망대는 벼랑 한쪽에 우뚝 솟은 돌과 시멘트로 만든 고풍스러운 정자였다. 어째서 옛날 일본에서는 집을 지을 때 시멘트를 사용하지 않았을까? 만약 시멘트를 썼다면 건축 양식이 지금과는 달라졌겠지. 뭔가 필연적으로, 요컨대 양

식이 재료를 결정했을까. 그럼 그 필연이란 무엇일까? 소풍
온 초등학교 학생 같은 질문을 스스로에게 해보지만 금세
대답하지 못하고 쩔쩔맨다. 이런 의문은 옛날부터 벽을 좋
아해 벽에다 그림을 꽤 그린 데다 외국에 오니 시멘트로 지
어진 건축물에 상당히 흥미가 생겼기 때문이다.

산은 뭐라 해도 일본 산을 뛰어넘는 아름다운 산을 유럽
에서 본 적이 없다. 길은 네덜란드 가로수길이 세계 최고라
고들 말한다. 산길이라면 독일 남부 슈프레발트 같은 곳이
제일이다. 아마 일본에도 없을 터다. 딱하지만 깎아지른 듯
한 절벽 위를 자동차로 자유로이 질주하는 미국의 실용 도
로를 이 이야기 속에 집어넣고 싶지는 않다. 오랜 세월에 걸
쳐 남겨진 바큇자국 위로 바람에 떨어진 낙엽이 겹겹이 쌓
인, 세간티니 그림 속에 나오는 길이야말로 내가 말하고픈
길이니.

제네바에서 열린 연맹회의에서 동양인 대표가 몇 번이나
'왕도王道'라는 단어를 말한 게 생각난다. 회의에서 프랑스어
로 뭐라고 번역했을까. 물론 나는 그 길에 대해 말할 마음은
털끝만큼도 없다. 여담은 그만두고 이제 '꽈배기빵의 노래'
에나 매달리도록 하자.

몸소 겪으며 환멸 느낀 과거의 세월이여

이 얼마나 지긋지긋하고 쓸데없는 기억력인가

이곳은 사람으로 붐비는 몽마르트르

거리의 아가씨들 손톱이

내 나라 홍매화를 닮았으니

아무래도 안 되겠네

손풍금에서 '모나리자' 선율 흘러나오니

노래란 여럿이 흥겹게 들어야 좋고

슬픔은 홀로 천천히 삼켜야 좋다네

겨자씨 뿌린 프랑스 꽈배기빵은

살짝 짭짤하고 콧물 맛이 나는구나

난 프랑스에 꽈배기빵 노래 지으러 온 걸까

작가의 산책

초판 1쇄 2022년 5월 23일
초판 2쇄 2024년 9월 2일

지은이 아쿠타가와 류노스케, 다자이 오사무, 기타하라 하쿠슈, 하야시 후미코,
나쓰메 소세키, 가타야마 히로코, 사카구치 안고, 나카하라 주야,
호리 다쓰오, 스스키다 규킨, 구보타 만타로, 기노시타 모쿠타로,
고이데 나라시게, 데라다 도라히코, 도쿠토미 로카, 오카모토 기도,
미요시 주로, 오카모토 가노코, 미즈노 센코, 와카야마 보쿠스이,
시마자키 도손, 와카스기 도리코, 가지이 모토지로, 이마이 구니코,
미야모토 유리코, 사이토 모키치, 나가이 가후, 요사노 아키코,
요사노 뎃칸, 다케히사 유메지
엮고 옮긴이 안은미
펴낸이 이정화
펴낸곳 정은문고
등록번호 제2009-00047호 2005년 12월 27일
주소 서울시 마포구 동교로13길 60 503호
전화 02-3444-0223
팩스 0303-3448-0224
이메일 jungeunbooks@naver.com
페이스북 facebook.com/jungeunbooks
블로그 blog.naver.com/jungeunbooks

ISBN 979-11-85153-49-0 03830